COLLECTION FOLIO

Roy Jacobsen

Les invisibles

Traduit du norvégien
par Alain Gnaedig

Gallimard

Titre original :
DE USYNLIGE

Roy Jacobsen, né en 1954, est l'un des auteurs les plus appréciés par la critique et le public norvégiens. Il a été traduit dans une quinzaine de pays. Ses quatre romans traduits en français sont publiés aux Éditions Gallimard : *Les bûcherons*, *Le prodige* (prix des Libraires norvégiens 2009), *Les invisibles* et *Mer blanche*.

1

Par un jour sans vent de juillet, la fumée monte droit dans le ciel. Le pasteur Johannes Malmberget est conduit dans l'île, en bateau, où il est accueilli par Hans Barrøy, pêcheur et paysan, propriétaire légitime de l'île et chef de la seule famille qui y vit. Il se tient sur le petit débarcadère que ses aïeux ont construit avec des galets et il contemple le canot à quatre avirons qui approche, les dos gonflés des deux rameurs et, derrière leurs casquettes noires, le visage souriant et rasé de frais du pasteur. Quand ils sont suffisamment près, il s'écrie : « Tiens, v'là du beau monde. »

Le pasteur se redresse dans l'embarcation, son regard se pose sur le rivage, les prés qui s'étendent devant les maisons et le petit bosquet, il écoute les cris des mouettes et des goélands qui, sur leurs buttes, poussent des aouk-aouk, comme n'importe quelle oie, comme les sternes et les échassiers qui enfoncent leur bec dans les rives aussi blanches que la neige sous le soleil dur.

Mais lorsqu'il descend du bateau et fait quelques pas titubants sur le môle, il aperçoit quelque chose qu'il n'a jamais vu, son propre village natal au pied des montagnes, sur la Grande Île, avec l'Usine et les boutiques, les fermes, les coupes dans les bois et la flottille de pêche.

« Eh bien l'ami, comme elles sont petites, on voit à peine les maisons. »

Hans Barrøy dit :

« Oh, moi, j'les vois.

— Tu as une bien meilleure vue que moi », dit le pasteur qui scrute la paroisse où il a officié durant ces trente dernières années, mais qu'il n'a jamais observée d'un point de vue aussi saugrenu.

« C'est que vous n'êtes jamais venu par ici.

— C'est que c'est quand même deux heures à la rame.

— Vous avez des voiles, dit Hans Barrøy.

— Mais, là, c'est le calme plat », répond le pasteur, le regard toujours braqué vers chez lui, car à dire vrai il a une peur bleue de la mer, et il est à la fois tremblant et ravi d'être en vie après cette traversée pourtant paisible.

Les rameurs ont sorti leur pipe, ils leur tournent le dos et se mettent à fumer. Le pasteur peut enfin serrer la main à Hans Barrøy et, au même moment, il découvre le reste de la famille qui est descendu des maisons. Martin, le vieux père de Hans, veuf depuis une dizaine d'années à peine, Barbro, la sœur de Hans, célibataire, bien plus jeune que lui. Et Maria, la femme qui règne sur l'île ; elle tient par la main Ingrid, qui a trois ans. Le pasteur constate avec satisfaction qu'ils portent tous leurs beaux habits, ils ont bien vu le canot dès qu'il a passé l'îlot d'Oterholmen, qui n'est plus qu'un chapeau noir sur la mer, là-bas, au Nord.

Il s'approche du petit groupe, qui s'est arrêté et qui baisse les yeux, il leur serre la main à tour de rôle sans que l'un d'eux n'ait l'idée de lever la tête, même pas le vieux Martin qui a ôté son bonnet rouge. Le pasteur termine par Ingrid et il note ses mains propres et blanches, elle n'a pas les ongles en deuil, même pas rongés, mais coupés court, il note aussi les petites fossettes là où les os vont bientôt saillir. Il reste un instant à contempler ce petit miracle, il se dit que cette main va bientôt devenir celle d'une femme qui travaille dur, une main noueuse, calleuse et terreuse, une main d'homme, car toutes les mains se transforment en bois par ici, tôt ou tard. Il dit :

« Alors toi, ma petite, tu crois en Dieu ? »

Ingrid ne répond pas.

« Oui, bien sûr », dit Maria, qui est la première à regarder directement le visiteur. Mais, au même moment, il refait la même découverte et contourne à pas vifs le hangar à bateaux qui forme comme un escalier dans le paysage, il monte sur une hauteur d'où la vue est encore meilleure.

« Oh, mais je vois même le presbytère. »

Hans Barrøy le dépasse et dit :

« Et là, vous voyez l'église. »

Le pasteur se dépêche de le rattraper, il s'arrête pour admirer l'église blanche qui apparaît comme un timbre pâle sous les montagnes noires où quelques ultimes taches de neige ressemblent à des dents dans une bouche pourrie.

Ils montent encore un peu plus haut et parlent de baptême, de poisson et de duvet, le pasteur est transporté de joie par Barrøy qui, vue du village, a l'air d'une pierre noire posée sur l'horizon, mais qui se révèle être le plus vert des jardins – il lui faut bien le reconnaître, Dieu merci –, à l'instar de bien des îles du coin qui ne comptent qu'une ou deux familles, Stangholmen, Sveinsøya, Lutvær, Skarven, Måsvær, Havstein, une poignée de gens sur chacune qui cultivent une fine couche de terre et pêchent dans les profondeurs de la mer, enfantent des jeunes qui grandissent et cultivent la même terre et pêchent dans les mêmes profondeurs ; ce n'est pas une côte stérile et aride, mais un collier de perles et une chaîne en or, ce qu'il ne cesse de souligner dans ses prêches les plus inspirés. La question est : pourquoi ne vient-il pas ici plus souvent ?

Et la réponse est la mer.

Le pasteur est un marin d'eau douce et les jours comme celui-ci sont rares, il a attendu tout l'été. Mais cela le prend tellement au dépourvu de se retrouver ainsi, au pied d'un pont en bois couvert d'herbe qui mène à la grange, et de voir sa paroisse éternelle que Dieu a gardée ainsi depuis le Moyen Âge, et de se rendre compte qu'il n'a pas su à quoi elle ressemblait avant aujourd'hui, oui, c'est presque agaçant, comme s'il avait eu un voile devant les yeux pendant toutes ces années, comme s'il avait été la victime d'une illusion infinie en ce qui concernait non seulement la taille de son assemblée mais aussi de son œuvre spirituelle – car elle n'était peut-être pas plus grande que ça ?

Heureusement, cette pensée est plus inquiétante que menaçante, une de ces métaphysiques de la mer où toutes les distances mentent, et il est sur le point de se perdre à nouveau dans ses rêveries, mais toute la famille arrive, l'ancien avec son bonnet sur la tête, Maria toute droite juste derrière lui, et la robuste Barbro que le pasteur n'avait pas réussi à confirmer à l'époque, pour diverses raisons assez confuses, l'enfant silencieuse sur cet îlot dans la mer qui se révèle être un joyau.

Il se met à discuter avec eux du baptême à venir, celui d'Ingrid, qui a trois ans, une longue chevelure de la couleur du goudron, des yeux pétillants et des pieds qui ne connaîtront pas de chaussures avant octobre. Mais d'où tient-elle ces yeux, où la bêtise morne de la pauvreté est tellement absente ?

Dans un même souffle euphorique, il mentionne qu'il aimerait bien entendre Barbro chanter pour le baptême, elle a une si belle voix, autant qu'il s'en souvienne. Si elle veut bien ?

Une certaine gêne s'abat sur la famille.

Hans Barrøy prend le pasteur à part et lui

explique que Barbro a bien une voix, oui, mais qu'elle ne connaît pas les cantiques, elle fait seulement les bruits qui lui semblent convenir, et ils conviennent la plupart du temps, mais c'était aussi la raison pour laquelle elle n'a pas été confirmée à l'époque, du moins, une de ces raisons dont le pasteur se souvient certainement.

Johannes Malmberget n'insiste pas, mais il y a encore une question qu'il aimerait aborder avec Hans Barrøy, il s'agit de l'épitaphe qui l'a tracassé depuis que la mère de Hans a été enterrée ici, un verset sur sa pierre tombale, un verset qu'elle avait choisi, il n'est pas approprié à une pierre tombale, il prêcherait presque que la vie ne vaut pas la peine d'être vécue. Mais comme Hans Barrøy ne répond guère sur ce sujet, le pasteur revient sur le duvet et demande s'ils n'en ont pas à vendre, il a besoin de deux nouveaux édredons chez lui, il est prêt à payer plus qu'ils n'en obtiendront au marché ou à l'Usine, le duvet vaut son pesant d'or, comme on dit par ici…

Ils peuvent enfin parler de quelque chose de terre à terre et d'évident, ils entrent dans le bâtiment d'habitation, Maria a mis la nappe sur la table de la grande pièce, et après la crêpe et le café, après avoir topé, le pasteur se détend et la plus grande grâce qui pourrait lui être faite, c'est le sommeil, après quoi ses yeux se ferment, sa respiration se fait plus lente et plus profonde. Il est assis dans le fauteuil à bascule de Martin, les mains sur le ventre, un pasteur endormi dans leur maison, un spectacle à la fois imposant et ridicule. Ils restent autour de lui jusqu'au moment où il rouvre les yeux, claque la langue, se relève, sans trop savoir où il est. Puis il les reconnaît et s'incline. Comme pour les remercier. Ils ne savent pas pourquoi, il ne dit pas un mot pendant qu'ils le raccompagnent au canot, il s'assied sur un tas de filets à l'avant, avec un sac de duvet et un tonnelet rempli d'œufs de mouette, il ferme les yeux à nouveau et on dirait qu'il dort au moment où il les quitte. La fumée se dresse encore en une colonne droite dans le ciel.

2

Sur une île, tout ce qui a de la valeur vient d'ailleurs, sauf la terre, mais ce n'est pas pour elle qu'ils sont là, les îliens en ont tristement conscience. Hans Barrøy vient de casser le dernier manche de sa faux et il est obligé d'arrêter la fenaison. Il ne peut pas fabriquer un manche avec le bois qui se trouve sur l'île, il faut qu'il soit en frêne, et il peut en acheter un à l'Usine, ou en faire un lui-même, gratuitement, avec une autre essence de bois.

Il passe la lame de sa faux en haut d'un pieu de claie pour sécher le foin, descend le chemin herbeux vers le débarcadère, pousse le canot dans l'eau vert émeraude, il est sur le point de monter à bord quand il change d'avis et remonte vers les maisons où Maria est adossée au mur sud, en train de raccommoder un pantalon, et elle lève le nez lorsqu'il apparaît au coin.

« Où est la gamine ? » dit-il d'une voix exagérément forte, il sait qu'Ingrid l'a vu et qu'elle s'est cachée pour qu'il se mette à la chercher, et la fasse tournoyer dans les airs en lui faisant décrire de grands cercles.

Maria fait un signe de la tête en direction de la resserre à pommes de terre. Mais, de cette même voix forte, il déclare qu'elle ne l'accompagnera pas à Skogsholmen, et il recommence à descendre, à peine s'éloigne-t-il de quelques mètres qu'il entend les pas d'Ingrid, il se baisse juste au moment précis où elle le rejoint pour qu'elle puisse sauter sur son dos et serrer les bras autour de son cou, pour qu'elle crie pendant qu'il dévale la pente comme un cheval et fait des bruits qu'il se permet seulement quand ils sont tous les deux.

Le rire d'Ingrid.

Il demande s'ils doivent prendre la peau de mouton.

« Oui », répond-elle en tapant des mains.

Il entre dans le hangar à bateaux, prend une des peaux de mouton, la pose à l'avant de l'embarcation pour en faire une sorte de lit, il redescend à terre, porte Ingrid à bord, elle se fait une place, le dos contre l'étrave afin de voir son père quand il rame, afin de jeter un œil au-dessus du plat-bord et de tourner la tête d'un côté puis de l'autre, avec les petits doigts comme des vers blancs sur les bords goudronnés.

Ce rire.

Il contourne la pointe, à travers la multitude d'écueils et de récifs, puis il prend le cap le plus droit vers Skogsholmen, il parle du baptême il y a trois semaines de cela, de l'église qui était si somptueusement décorée pour les huit enfants des îles, mais Ingrid était la seule à pouvoir s'approcher des fonts baptismaux en marchant et à dire son nom quand le pasteur avait demandé comment s'appelait l'enfant. Puis son père déclare qu'elle commence à être trop grande pour rester couchée comme une loche sur la peau de mouton, au lieu de se rendre utile, de ramer, de tenir une ligne, pour rapporter un lieu noir ou deux, et pas seulement ce qui est nécessaire pour une nouvelle faux.

Elle répond qu'elle n'a pas besoin de grandir, elle se penche sur un bord puis sur l'autre, même si son père dit qu'elle doit rester tranquille dans le bateau. Il change d'amer, laisse Oterholmen pour le sorbier à la pointe sud de Moltholmen, il change de cap après quatre-vingts coups d'aviron, il passe entre les Lundeskjærene, où il y a assez de profondeur avec ce niveau d'eau, il fait pivoter le canot et trouve le creux à l'arrière de l'île où il a fixé un piton dans la roche.

Il lui dit de descendre à terre avec l'amarre, elle reste plantée là, elle tient le bateau comme si elle tenait une vache avec une longe pendant qu'il se lève et regarde autour de lui, comme s'il y avait quelque chose à voir, les oiseaux dans le ciel, les montagnes, là-bas, derrière son île de Barrøy, les cris intenses des hirondelles de mer, des éclats blancs et noirs qui zigzaguent dans l'air au-dessus d'eux.

Il saute à terre et lui montre comment on fait une demi-clef. Elle n'y arrive pas, s'énerve, il lui montre à nouveau, ils le font ensemble, elle rit, un nœud de demi-clef autour d'un piton. Il lui dit qu'elle peut se baigner dans la cuvette pendant qu'il va dans le bois, il y a trop d'insectes.

« Tu n'oublieras pas d'enlever tes vêtements. »

Dans le petit bois, au milieu de la vallée orientée nord-sud de l'île, il trouve quatre troncs bien droits, pas des frênes, mais des arbres qui ne devraient pas pousser si haut au nord, l'un d'eux présente un coude au-dessus de la racine qui s'adaptera bien contre l'épaule, et c'est plus que ce qu'il pouvait espérer.

Il pose les bouts de bois sur l'épaule, regagne la montagne, il se laisse tomber à côté de la cuvette où elle est assise avec de l'eau jusque sous les bras, elle contemple ses mains, elle les joint et tape dans l'eau de pluie qui lui jaillit sur le visage, elle crie et grimace. Ce rire. Et cette inquiétude qui l'habite, lui, présente depuis qu'elle est née.

Il s'allonge sur le dos, appuie les épaules contre la roche inégale, sa nuque la touche aussi, il reste couché ainsi à regarder la nuée de sternes, il entend Ingrid poser des questions comme n'importe quel enfant, elle veut qu'il vienne se baigner lui aussi, il l'entend qui barbote, il entend le vent d'est frais, il sent la sueur et la mer, il disparaît dans un tourbillon de lumière et de ténèbres, il se relève, plisse les yeux et la voit dans le soleil, nue comme un ver, et qui lui demande si elle peut s'essuyer sur ses vêtements.

« Prends ça », dit-il en ôtant sa chemise, il l'entend rire et elle dit qu'il a le buste tellement blanc alors que ses bras et son cou sont noirs comme du charbon, il ressemble à une poupée qu'il lui a fabriquée, avec des pièces mal assorties, et, là encore, c'est une lubie d'enfant, la poupée s'appelle Oscar, et parfois, elle s'appelle Anni.

En rentrant, ils prennent trois lieus, alignés côte à côte aux pieds d'Ingrid qui est emmitouflée dans la chemise de son père. Il dit qu'il veut la récupérer car ça s'est rafraîchi avec la soirée. Elle se laisse retomber sur la peau de mouton, elle serre ses jambes dans ses bras et le regarde par-dessus ses genoux d'un air taquin.

« Tu rigoles de tout », dit-il en songeant qu'elle connaît la différence entre le jeu et ce qui est sérieux, qu'elle pleure rarement, qu'elle ne fait pas la tête de mule ni ne ressasse, qu'elle n'est jamais malade et qu'elle apprend ce qu'il faut. Mais il y a cette inquiétude dont il doit se débarrasser.

« Tu ne vas pas les vider ? dit-il en faisant un signe de tête vers les poissons.

— Ils sont gluants.

— D'où que tu tiens ça ?

— C'est maman.

— Ta mère, c'est une délicate. Et pas nous, p'têtre ? »

Elle réfléchit avec deux doigts dans la bouche.

« Les mouettes, elles ont la dent », dit-il.

Elle enfonce la main dans le ventre du plus gros lieu, en retire les intestins, elle les tient avec du dégoût dans le regard. Il rame d'un amer à l'autre tandis qu'elle jette les brouailles par-dessus bord, les mouettes se précipitent dessus, elles se cognent, se battent, se goinfrent en une sorte de tourbillonnement acharné. Elle plonge la main dans le deuxième lieu, lance les entrailles aux oiseaux, puis dans le dernier, elle se penche sur le plat-bord, rince les poissons l'un après l'autre et les pose sur le fond du canot, le plus grand à tribord, le moyen au milieu et le petit à bâbord, puis elle se lave les mains soigneusement et longuement, il n'y a pas de faille dans l'esprit de cette enfant, décide-t-il, les yeux mi-clos, il sent au canot qu'elle est encore penchée sur le bord pour jouer avec l'eau, il ramène un bateau incliné au débarcadère, il le tire seulement à moitié, il place des tréteaux sous le plat-bord, la mer est en train de se retirer.

Elle le précède sur le chemin, elle porte les prises et les dernières gouttes de sang coulent sur ses jambes frêles. Il porte les quatre troncs sur l'épaule, la hache sous le bras ; dans la main d'Ingrid, il y a les vêtements secs. Il s'arrête, voit le soleil au nord-ouest, un soleil terne et brumeux, la lune va bientôt poindre, la nuit se prépare, il se demande s'il doit réparer la faux tout de suite ou s'accorder quelques heures de sommeil, jusqu'à ce que la rosée tombe dans le Jardin des Roses le lendemain matin ; la rosée tombe toujours d'abord dans le Jardin des Roses, il y pousse une étrange herbe rouge.

3

Les choses qui s'échouent sur les rives d'une île appartiennent à ceux qui les trouvent, et les îliens en trouvent beaucoup. Cela peut être du liège, des tonneaux, des cordes de chanvre, du bois flottant et des flotteurs – des boules en verre vertes et marron qui font flotter les filets de pêche en mer –, que le vieux Martin Barrøy extrait des tas de goémon quand la tempête s'est calmée, il s'assied dans le hangar à bateaux, il les attache à des filets, et ils sont comme neufs. Cela peut être un jouet en bois pour Ingrid, cela peut être des casiers de pêche, des avirons, des gaffes, des bobines, des écopes, des perches, des planches et des débris de bateaux. Une nuit d'hiver, c'est une timonerie entière qui s'est échouée. Ils l'ont remontée avec le cheval et l'ont déposée dans le jardin au sud de l'île, Ingrid peut s'asseoir dans le siège pivotant du capitaine et faire tourner la roue de gouvernail en cuivre et en acajou, tout en contemplant les prés et les enclos qui s'étagent sur l'île comme des vagues.

En tout, il y a huit enclos.

Les murs en sont formés de pierres qui sortent de la terre comme les boules de verre sortent de la mer, mais bien plus lentement, il faut maints hivers pour que les pierres poussent ainsi, pour que l'on puisse les ramasser au printemps et les poser sur les enclos ; les enclos s'élèvent alors, ces enclos qui divisent l'île en neuf prés, ou jardins, comme ils disent ici. Le Jardin Sud est le plus exposé, la mer s'y fracasse avec tout son vacarme infernal. Vient ensuite le Jardin des Gorges, dont nul ne connaît l'origine du nom, mais qui vient peut-être des meules et des tas de foin qui ressemblent à des seins de femme, grands et petits, et que les moutons arrondissent en broutant quand les foins sont finis. Puis il y a le Jardin des Pierres, parce qu'il a plus de pierres que les autres, le Jardin des Roses, parce que l'herbe y est rouge comme des sorbes pas mûres. Le Jardin des Étables entoure les maisons, le Jardin d'Éden donne au nord, mais il est pourtant le plus fertile et on y cultive toujours des carrés de pommes de terre, puis le Jardin de la Teigne, le Jardin Nord et le Jardin de la Disette ont les noms qu'ils méritent, même si le Jardin de la Disette est le plus vert de tous et se trouve près du hangar à bateaux et du débarcadère, posé là comme une sorte de grosse moufle verte.

Mais, surtout, ils trouvent des détritus.

Ils trouvent des marsouins morts, des pingouins et des cormorans gonflés par des gaz puants, ils barbotent dans le goémon pourri. Ils trouvent des moitiés de chaussure, un chapeau, un brassard, une béquille et des fragments de vies étrangères, témoignages d'abondance, de gâchis, d'habitudes, de décès et d'accidents qui ont frappé des gens dont ils n'ont jamais entendu parler et qu'ils ne rencontreront jamais. De temps en temps, ils trouvent aussi un message involontaire et indéchiffrable, un manteau aux poches pleines de journaux et de tabac d'Angleterre, une couronne sur un cercueil flottant, le drapeau tricolore français sur un mât écaillé, un coffret poisseux avec les biens les plus intimes d'une femme exotique.

Plus rarement, ils trouvent une bouteille à la mer qui contient un mélange de nostalgie et de confessions, et qui concerne une autre personne que celle qui la trouve ; si elle avait touché le bon destinataire, elle lui aurait fait verser des larmes de sang et remuer ciel et terre. Les îliens les ouvrent avec tout leur bon sens, ils en tirent les lettres et les lisent, s'ils en comprennent la langue, ils se font des idées sur le contenu, des petites idées bien vagues – les bouteilles à la mer sont d'étranges véhicules de manque, d'espoir et de vie inachevée –, puis ils rangent ces lettres dans un coffret où l'on met les choses que l'on ne peut ni posséder ni jeter, ils font bouillir la bouteille et la remplissent de jus de groseille, ou bien ils la posent tout simplement sur le bord de la fenêtre de l'étable comme une sorte de preuve de son propre vide, les rayons de soleil se teintent de vert en la traversant avant de retrouver leur couleur parmi les brins de paille secs sur le plancher.

Mais, un matin d'automne, Hans Barrøy trouve un arbre entier que la tempête a arraché et drossé sur la pointe sud de l'île. Il n'en croit pas ses yeux.

La mer bouge au rythme du vent et l'arbre gît là comme le squelette d'un monstre géologique, comme une carcasse de baleine, branches et racines intactes, mais sans aiguilles ni écorce, dévorées par la mer, une tonne blanche de résine, tellement précieuse dans le vaste monde puisque l'on peut s'en servir pour enduire les archets des violonistes célèbres, et rendre leurs sons si purs. C'est un mélèze russe qui a grossi au fil des siècles sur les rives du Ienisseï, dans les terres désertes au sud de Krasnoïarsk, les vents de la taïga y ont laissé leurs marques comme un peigne dans des cheveux gras, jusqu'à ce qu'une crue de printemps avec ses dents de glace le fasse basculer dans le fleuve et le conduise à trois ou quatre mille kilomètres de là, dans la mer de Kara, le laisse dans les griffes des courants salés qui l'ont emporté au nord, à la limite des glaces, puis vers l'ouest, le long de la Nouvelle-Zemble et du Spitzberg, jusqu'aux côtes du Groenland et de l'Islande où des courants plus chauds l'ont tiré de l'emprise du froid et l'ont fait repartir vers le nord-est, accomplissant un imposant cercle sur terre en une décennie ou deux, jusqu'à ce qu'une ultime tempête le jette sur une île de la côte de Norvège, si bien qu'il est trouvé à l'aube d'un matin d'octobre par Hans Barrøy, qui le contemple, muet d'admiration.

On n'a jamais vu un arbre aussi énorme dans les parages.

Il court chercher sa famille à la maison.

Ils se mettent à découper le butin, ils scient les racines et les branches et les empilent le long du mur nord de l'étable, ce sera du bois pour allumer les feux, puis ils commencent à débiter le tronc, bloc par bloc. Mais, soudain, c'est une colonne romaine qu'ils ont sous les yeux, une colonne d'au moins treize mètres, et ils n'arrivent pas à la monter à la ferme avec le cheval, le palan et cinq paires de bras. Ils l'arriment et rentrent chez eux pour y réfléchir à tête reposée, ils sont épuisés mais contents. Lors de la grande marée suivante, ils le remontent de deux mètres de plus, mais il reste couché là, comme une colonne en marbre renversée.

Hans et Martin en coupent deux stères de plus, cela leur prend toute la journée, ils voient que le bois du cœur chargé de résine est de plus en plus rouge à mesure qu'ils s'approchent du centre, dur comme du verre et pourtant poreux sous la lame. Ils grattent la résine, la frottent entre leurs doigts, ils sentent une odeur qui leur fait comprendre à quel point il est impossible de découper cette merveille rien que pour la faire brûler dans un poêle. Cet arbre est un tout qu'il faut conserver, un jour, ils en auront l'utilité, à un autre moment, ou peut-être le vendront-ils, car il doit valoir une fortune.

Avec un ultime effort, ils le font rouler sur trois rondins pour le soulever de l'herbe, plantent quatre pieux de chaque côté, puis les chevillent dans le bois. Et la colonne se trouve encore là aujourd'hui, cent ans plus tard, un cylindre blanc face à la mer. On dirait que quelqu'un l'a oublié là, on dirait qu'il a eu une fonction jadis, comme s'il était indispensable.

4

Nul ne peut quitter une île ; une île, c'est un cosmos en réduction où les étoiles dorment dans l'herbe sous la neige. Mais il arrive que quelqu'un essaie. Ces jours-là, il souffle un vent d'est régulier. Hans Barrøy a hissé une voile hâlée par le temps, et la traversée est agréable jusqu'à l'Usine. Toute la famille est là, sauf le vieux Martin, il ne croit pas beaucoup à ce voyage.

Ils vont se débarrasser de Barbro. Barbro a vingt-trois ans et doit travailler comme domestique, ils lui ont trouvé une place. Ils amarrent le canot sous le quai près de l'Usine, et Ingrid la conduit à la boutique, en ville, là où les arbres poussent dans le ciel, où les maisons sont peintes et tellement proches que l'on peut aller de l'une à l'autre sans avoir à enfiler de manteau.

Barbro refuse de donner la main à quiconque, sauf à Ingrid, car elle sait ce qui va se passer, elle s'arrête devant la boutique et tous les regards se braquent sur eux, les îliens que l'on voit si rarement dans les parages. Ingrid porte une robe bleue et un gilet tricoté gris avec des cristaux de neige brodés sur le col et les manches. Barbro est vêtue d'une robe jaune et d'une veste en bure trop courte, elle dit qu'elle veut du sucre candi.

Hans est entré après elles et il dit qu'elle peut avoir du sucre candi. Mais après le passage à la boutique, elle ne veut pas aller à la maison de Madame Gretha Sabina Tommesen qui a promis de l'embaucher comme bonne, à condition que cela ne lui coûte pas plus que la nourriture et un lit. Hans et Maria sont obligés de la traîner, tandis qu'Ingrid marche derrière, elle jette des regards à la dérobée sur la bande de jeunes enfants qui les suivent à bonne distance. Elle en a vu certains, à l'église ou à l'Usine, elle connaît le nom de deux d'entre eux, reconnaît quatre visages, mais aucun ne sourit, et elle ne les regarde déjà plus fixement quand elle se dépêche d'entrer avec les autres dans le jardin de la maison blanche avec une lourde porte à panneaux noire, qui s'ouvre et les fait pénétrer dans un autre continent.

Gretha Sabina Tommesen réussit à appeler Barbro « l'idiote » trois fois pendant qu'elle lui montre la chambre où elle va dormir avec l'autre bonne, qui vient des îles elle aussi, mais qui est bien plus jeune que Barbro. Elle explique que l'idiote doit s'attendre à être appelée à l'Usine quand il y a des arrivées de harengs, même au milieu de la nuit, comme les autres femmes de la maison :

« Elle sait vider le poisson ?

— Bien sûr, répond Maria. Elle sait faire à manger, carder, filer et tricoter des chaussettes…

— Elle est propre ?

— Voyez vous-même.

— Tu comprends ce que je dis, Barbro ? » crie-t-elle à Barbro qui acquiesce et regarde le lustre en cristal suspendu au-dessus de sa tête, une voûte céleste dans laquelle son regard plonge si profondément qu'il s'y perd et que sa nuque se raidit. Gretha Sabina Tommesen dit alors à Maria que sa belle-sœur ne doit pas espérer avoir d'autres vêtements que ceux qu'elle porte en ce moment ; Hans regarde sa sœur – qui a toujours les yeux perdus dans ce nouveau système solaire –, il prend sa décision, lui saisit la main et sa petite valise, et il ressort, il repasse devant la boutique et attend que Maria et Ingrid les rattrapent. Les époux se dévisagent. Il désigne la porte. Elle fait oui de la tête. Ils entrent à nouveau, ils achètent du sucre et du café, deux paquets de clous de quatre pouces, un seau de goudron, du sagou, de la cannelle, un baril de gros sel, ils commandent trois sacs de farine de seigle qu'il faudra venir chercher dans quatre jours, ils ressortent, redescendent au quai avec leurs achats, montent dans le bateau et hissent la voile.

Ils ont un bon vent pour rentrer.

Mais Hans ne peut pas regarder sa sœur. Il s'assied de l'autre côté de la barre du gouvernail pour que la voile les sépare. Il n'échappe cependant pas au regard de Maria pour autant, elle a vingt-sept ans, elle est solide et vient d'une autre île, elle est allée à l'école ménagère et aurait pu trouver une place n'importe où, mais elle est sur l'île de Barrøy, avec lui, Hans Barrøy, qui a trente-cinq ans, qui se cache de sa sœur et d'une honte agaçante, les deux faces d'une même pièce, la honte et la dissimulation, mais toujours exposé aux regards de Maria qui ne cède pas tant qu'il n'a pas admis qu'il est un imbécile, un signe de tête suffit. Elle pose alors les yeux sur les vagues et il lui vient ce sourire énervant sur les lèvres, sourire qui la rend plus irrésistible encore.

Le vieux Martin les accueille au débarcadère avec un rire strident.

« Je vous l'avais bien dit ! »

Il s'avance dans l'eau, porte la valise à terre et conduit sa fille vers les maisons tandis qu'Ingrid court à côté d'eux et parle de la ville jusqu'à ce que ses paroles soient noyées par les cris des mouettes. Maria et Hans restent au débarcadère et se demandent s'ils doivent porter les affaires ou aller chercher la petite charrette.

« C'est quand même pas plus qu'on peut porter, non ? »

Et elle le précède. Il laisse tomber ce qu'il porte, la saisit par les hanches et la renverse dans les hautes herbes, où même Dieu ne peut pas les voir, ni entendre les cris à demi étouffés de Maria, ni qu'elle traite Hans de tous les noms, ni qu'elle retrouve ce sourire qu'elle a jeté dans les vagues il y a peu, on dirait que Hans l'a repêché. Ensuite, ils n'ont plus envie de bouger, ils restent allongés à contempler le ciel, elle lui raconte une anecdote d'autrefois, quand elle était petite sur l'île de Buøy, quand la moitié du toit d'une étable s'était effondrée sous le poids de la neige. Il l'écoute, se demande où elle veut en venir, c'est toujours comme ça avec Maria, que veut-elle dire, où veut-elle en venir ? Puis Ingrid surgit soudain, elle leur demande où ils étaient passés, Barbro veut savoir ce qu'il y a pour le dîner, du hareng, du colin ou le flétan que papa a pris à la ligne hier ?

« Oui, je vais préparer le flétan », dit-il en se levant, puis il va chercher la charrette, il y charge les affaires et Ingrid, il la pousse tandis que Maria reste allongée. Elle, c'est la philosophe de l'île, avec ce regard de travers, puisqu'elle vient d'une autre île et qu'elle peut comparer, on peut appeler ça de l'expérience, voire de la sagesse, mais ça peut aussi lui donner un esprit fourchu, ça dépend à quel point les îles sont différentes.

5

Sur Barrøy, ils ont trois saules, quatre bouleaux et cinq sorbiers dont l'un est couvert de cicatrices, avec le milieu du tronc gros comme une barrique, on l'appelle le Vieux Sorbier, et les douze arbres penchent tous dans la direction que la nature leur a imposée.

Il y a aussi quelques petits bouleaux au feuillage clairsemé sur une butte à l'ouest, à les voir on dirait qu'ils s'enlacent mutuellement, on l'appelle le Bosquet de l'Amour, mais leurs branches partent de tous les côtés quand il y a du vent.

Ils ont en outre un énorme saule qui est quasiment couché sur le sol et qui, de mémoire d'homme, s'est toujours trouvé ainsi à cet endroit, à genoux, à la limite entre le Jardin des Roses et le Jardin des Gorges. Quand ils ont édifié le muret en pierre, les anciens lui ont fait contourner l'arbre au lieu de le couper. C'est probablement le seul arbre de l'île que l'on ne peut pas abattre. Ce n'est pas qu'ils abattent les autres, même si le bois est cher et nécessaire, alors l'idée les effleure parfois. Mais personne ne songe à couper le saule à la limite des deux jardins, d'une certaine façon, il est déjà tombé à l'endroit où il est, et il est ainsi protégé, comme une tombe.

Il y a de gros nids de pies dans les grands sorbiers autour des maisons. Les gens des îles maudissent les pies, car elles crottent et volent, et ils parlent de détruire les nids. Mais ils ne le font pas non plus. Alors, quand les énormes nids de branches tremblent en luttant contre une tempête, quand ils survivent une fois de plus, les gens constatent avec un soulagement stoïque que rien n'a été détruit, et pourtant, cela arrive bien trop souvent.

Lorsque, exceptionnellement, la pluie et la neige tombent à la verticale, il se forme un cercle sec dans l'herbe sous le nid de pie du Vieux Sorbier. Et les moutons s'y attroupent. Les agneaux, en particulier, détestent la pluie et ils s'arrangent de leur mieux, si bien que l'on trouve des cercles noirs et bourbeux sous les nids. Tout se tient, c'est pour cela qu'un homme ne se brise pas en deux quand il se penche en avant.

Il en va de même sur le millier d'îles de l'archipel.

Les dix mille îles.

Comme le paysage est si vaste et exposé, quelqu'un pourrait avoir l'idée de parer la côte d'arbres à feuilles persistantes, des sapins et des pins par exemple, de créer des plantations idéales partout dans le pays et de commencer à envoyer d'énormes cargaisons de petits sapins, de les donner gratuitement aux habitants des îles petites et grandes, en leur disant que s'ils plantaient ces sapins dans leur terre et les laissaient pousser, les générations suivantes auraient à la fois du bois pour se chauffer et pour construire. Le vent cesserait d'emporter le sol dans la mer, les bêtes et les gens auraient des abris et la paix, là où ils avaient le vent dans la tête toute la journée, les îles ne ressembleraient plus à des temples flottants sur l'horizon, mais à des terres incultes couvertes de laîche et de fougère. Mais non, personne ne songerait à faire ça, détruire l'horizon. Car, en vérité, les gens d'ici n'ont rien de plus important que l'horizon, même s'ils y prêtent à peine attention, comme le tremblement du nerf optique dans un rêve, et même s'ils ne tentent pas de le nommer. Et personne n'aura une idée pareille, sauf si le pays devient tellement riche que l'horizon est sur le point de disparaître.

6

Le printemps est revenu, le ciel est dégagé au-dessus des îles, les vents sont froids et troublés, mais apportent aussi de brèves bouffées de chaleur. Les pies huîtrières sont de retour et déambulent au bord de l'eau comme des poules blanches et noires, elles donnent des coups de tête et enfoncent dans le sable leurs longs becs rouges, puis elles creusent et creusent encore, elles crient, et ne font rien d'autre. La pie huîtrière est un oiseau idiot, mais elle vient avec le printemps.

Au milieu du fjord, le vent mollit soudain.

Hans Barrøy est obligé d'amener la voile et de se mettre à ramer. Puis Maria se saisit aussi des avirons, elle s'assied derrière lui et le frappe dans le dos avec ses poings, il crie que ça fait mal et que « la mégère elle sait fichtrement pas ramer ». Barbro et Ingrid pouffent de rire, elles sont serrées l'une contre l'autre avec leurs robes bleue et jaune sur une peau de mouton à l'arrière, avec une petite valise et la barre de gouvernail inutilisée entre elles.

« Tu rames pas droit.

— Sûr que si », répond Maria en laissant traîner un aviron si bien que le canot vire brusquement. Barbro rit à nouveau, même si elle sait ce qui va arriver, ils vont se débarrasser d'elle, comme la dernière fois.

Ils s'amarrent encore près de l'Usine et remontent la rue, Hans en tête avec la valise, puis Barbro et Ingrid, main dans la main, et Maria derrière, comme une sorte de conclusion, elle est bien habillée elle aussi aujourd'hui, comme pour renforcer le sérieux de la chose, la résolution, car ça s'est tellement mal passé l'autre fois, et ils ne disent pas un mot.

Il y a un nouvel arrêt à la boutique et du sucre candi, puis ils vont jusqu'au presbytère où ils sont accueillis par la femme du pasteur, Karen Louise Malmberget qui, il y a trois ans encore, s'appelait Husvik, et qui est étonnamment jeune à côté du pasteur Johannes Malmberget, lequel a réussi à être deux fois veuf avant que Karen Louise n'entre dans sa vie. Elle n'a pas d'enfant tandis que lui a cinq fils qui sont tous au séminaire dans une ville, comme s'ils étaient partis pour de bon et avaient oublié d'où ils venaient.

Karen Louise porte une robe claire et un tablier blanc, elle a des bas et des chaussures aux pieds, même à l'intérieur. Elle salue Barbro en lui serrant la main, elle lui souhaite la bienvenue, elle est vive et pétillante, comme si elle se réjouissait de tout cela, elle leur fait faire le tour des grandes pièces et des chambres, elle leur montre les meubles, la machine à coudre, le fer à repasser, elle leur explique où Barbro va dormir, dans une chambre claire et accueillante au premier étage avec de la tapisserie sur les murs, une commode avec un petit vase de fleurs et un pot de chambre en porcelaine avec une marque bleue au fond.

Elle lui explique ce qu'elle aura à faire.

Et ce n'est pas beaucoup, on dirait presque que la femme du pasteur est plus à la recherche de compagnie à la maison, peut-être même d'une amie, elles ont presque le même âge. Dans la cuisine peinte en blanc, elle prend un livre de recettes de la taille d'une bible et demande à Barbro si elle sait lire.

Personne ne répond.

Karen Louise demande pardon et dit que c'était bête de sa part, elle feuillette le livre jusqu'au chapitre sur les confitures, elle commence à expliquer à Barbro ce qu'elle devra faire cuire, elle désigne par la fenêtre une armée d'arbustes à baies, petits et grands, alignés sur six colonnes bien droites en direction d'une palissade blanche à l'autre bout du jardin printanier, cassis, groseilles, groseilles à maquereau et framboises, là, sur la petite butte, Barbro répond qu'ils en ont aussi sur Barrøy, ils ont également des groseilles, et elle sait combien il faut de sucre…

À ce moment-là, Hans Barrøy est obligé de s'asseoir.

Il se laisse choir sur une chaise placée entre deux pièces, inutile, comme si elle servait à décorer, en tout cas, il se dit que personne ne s'y est jamais assis. Et il ne se relève pas. Il penche le corps en avant, appuie ses coudes sur ses genoux et prend son visage entre ses mains, comme s'il cherchait quelque chose au plus profond d'une pensée, quelque chose qu'il est incapable de trouver et puis, soudain, il sent que les autres se sont arrêtés et l'observent.

Il lève les yeux et demande où est passé le pasteur.

« Il est parti dans le Nord, dans les îles, répond sa femme. Il avait à faire chez… »

Ils parlent un peu des gens chez qui Johannes Malmberget s'est rendu, et il s'avère que Hans les connaît. La visite continue et, après un moment, seul sur la chaise inutile, il trouve enfin ce qu'il cherchait, il se lève, court après les autres et les rejoint dans une pièce, il prend sa sœur par la main et la tire dehors, malgré les violentes protestations de Barbro, car elle veut rester dans la belle maison. Les autres sortent à leur tour sur le grand escalier en pierre, ils le dévisagent avec des regards interrogateurs, Maria crie quelque chose, elle a l'air accablée.

« J'veux rester là ! hurle Barbro.

— T'iras nulle part, toi », réplique son frère qui la tire vers la porte, puis dans la rue, il reste planté là, il reprend son souffle jusqu'à ce que Maria et Ingrid les rejoignent. Maria porte la valise, elle demande ce qui se passe, toujours avec cet air accablé qui est presque celui du chagrin.

« Rien », répond Hans.

Ils passent en silence devant la boutique, pas de courses aujourd'hui, ils descendent jusqu'à l'Usine et montent dans le canot. Hans Barrøy note que le vent a tourné et forci, il est désormais du sud-ouest. Il hisse la voile et entame une traversée rapide. La pluie se met à tomber. Plus ils sortent de l'embouchure du fjord, plus la pluie est drue et forte. Barbro et Ingrid se cachent sous la peau de mouton. En tout cas, il entend des rires là-dessous et, cette fois-ci, il n'a pas l'intention de se cacher des regards – à quoi bon, d'ailleurs –, même pas de celui de Maria qui tourne le dos à la pluie, avec l'eau qui dégouline de ses longues boucles châtains, qui prennent une teinte de plus en plus sombre et qui ressemblent à du goudron. Et il ne trouve pas le sourire qui les sauve d'habitude.

Il pleut sans arrêt jusque tard dans la nuit, un coup de vent leur est tombé dessus. Ce vent tarde à tourner à l'ouest et au nord, et il se fait plus froid et moins vif. Cela se lève et la pluie ne fouette plus les fenêtres quand Maria ouvre les yeux et constate que le lit à côté d'elle est vide. De la main, elle sent qu'il est également froid.

Elle se lève, court jusqu'à la chambre de Barbro et d'Ingrid, leur dit de s'habiller et de l'accompagner en bas à la cuisine, où personne n'a allumé le poêle. Elles demandent ce qui se passe. Maria n'a pas de réponse. Elles allument le poêle et mangent avec Martin, qui ne dit rien lui non plus, ils descendent au hangar à bateaux où il manque le canot, ils se mettent à ramender les filets avec les deux portes ouvertes afin de toujours pouvoir regarder au nord, vers l'Usine, l'église et le village, ils travaillent en silence et avec soin, puis ils finissent par apercevoir la voile en biais qui saute comme une scie dans la mer agitée, c'est le canot qui revient en luttant alors que c'est le soir.

Hans Barrøy amène la voile, le canot touche les rondins et s'immobilise. Il vacille sur les deux bancs de nage, se penche à l'avant, saisit quelque chose qui se débat, il jette à terre un petit cochon qui se met à crier et à courir dans le sable coquillier tout blanc. Il a coûté douze couronnes, il lui manque une oreille et il a une tache noire sur la tête qui ressemble à un trou. Elles peuvent l'appeler comme elles veulent. Hans a aussi un sachet brun qui contient du sucre candi pour Barbro, il va au hangar chercher du cordage et fabrique une longe pour le cochon, il fait une boucle à une extrémité et la donne à Ingrid qui reste à regarder le cochon qui, lui, a commencé à brouter.

« Ne t'avise pas de refaire ça à nouveau », dit Maria, puis elle leur tourne le dos, à lui et au cochon, et elle remonte vers les maisons afin de préparer le dîner tandis que son mari reste là avec un sourire qu'Ingrid ne lui a jamais vu. Elle note que sa mère est fâchée tout le reste de la soirée et tout le lendemain. Mais il se passe quelque chose d'invisible et l'ambiance étrange a disparu. On donne au cochon le nom de Gruau.

7

Les maisons sur Barrøy sont placées en diagonale les unes par rapport aux autres. Vues du ciel, elles ressemblent à quatre dés que l'on aurait lancés au hasard, plus une resserre à pommes de terre qui devient un igloo en hiver. On peut marcher sur les dalles qui relient les maisons, il y a des cordes à linge et des chemins qui partent dans toutes les directions, mais en vérité les maisons forment comme une charrue dressée dans l'air afin de ne pas être emportée, même si la mer entière devait s'abattre sur l'île.

Nul ne peut se prévaloir d'avoir organisé ainsi la cour de la ferme, c'est le résultat de la sagesse collective et traditionnelle, fruit d'une expérience chèrement payée.

Cependant, même un trait de génie historique ne peut empêcher qu'il se forme en hiver un raz de marée de neige dure entre la maison d'habitation et l'étable, à travers lequel ils doivent se frayer un chemin, avec les seaux et les lanternes, quand ils doivent aller s'occuper des bêtes. Ils le surnomment la Vague, ils la maudissent comme peu de phénomènes, car la Vague se dresse souvent quand les nerfs sont tendus comme jamais, en janvier et en février, en décembre, oui, même en mars, un véritable mur de neige, et il ne sert à rien de dégager et de pelleter, même s'ils le font quand même, bien sûr, mais elle tourbillonne et s'amoncelle encore aussitôt. Ce sont les hommes qui dégagent la neige et les femmes qui portent l'eau et le lait, le plus souvent elles n'ont d'autre solution que de faire le tour complet des maisons et de l'étable, et c'est un long périple lorsque l'on tient à peine debout sous les rafales.

Mais les maisons n'ont pas toujours été là où elles se trouvent aujourd'hui, trônant au milieu des arbres et des arbustes sur le point le plus élevé ; jadis, elles étaient placées plus bas, dans une crique à deux cents mètres plus à l'est qui s'appelle Karvika. Il ne demeure que les fondations et les restes d'un débarcadère envahi par le sable et le goémon. Personne n'y pense au quotidien, on n'a quasiment pas conscience que des gens ont vécu autrefois à cet endroit. Même si l'on vit sur la terre ferme, il y a des instants où les pensées empruntent des sentiers qui ne sont pas rebattus, et l'on se dit alors qu'il doit y avoir une raison à la disparition des maisons de Karvika. Où sont-elles passées, ces maisons ?

L'explication est sûrement tragique, peut-être épouvantable.

Le vieux Martin est la personne la plus enracinée ici, la meilleure source, et il a bien des idées sur la date et le pourquoi de la disparition de la civilisation perdue, car il s'agit de ses aïeux, il a encore quelques fragments de souvenirs de son enfance, des images, des paroles et des histoires. Cependant, il n'est pas le plus fiable, à cause de son âge avancé et de l'affaiblissement naturel qui non seulement ronge la mémoire, mais apporte aussi son lot de lubies étranges et de bizarreries, rendant les vieux ridicules aux yeux des jeunes, si bien que chaque génération se souvient de ce qu'elle veut et suit ses propres chemins. Assurément, ils mènent aussi quelque part, ces nouveaux chemins, au pire, aux mêmes cercles.

Mais même s'ils ignorent tout des ruines de Karvika, même s'ils ne savent pas pourquoi les deux maisons ne sont plus, ils ont du respect pour ces ruines. Ils les évitent, les enfants n'y jouent pas, les oiseaux n'y construisent pas leurs nids, même les eiders, et il ne vient pas à l'esprit des gens de les raser et de réutiliser les pierres pour d'autres murs et enclos, par exemple ceux qui courent entre les jardins. Ils préfèrent trouver de nouvelles pierres, afin que les ruines se dressent comme un monument ou comme un cimetière, sinistre et envahi par les orties et l'osier fleuri, et dégagent l'impression de quelque chose d'à la fois trop froid et trop chaud. Quand on les regarde du haut de la montagne, on dirait deux idéogrammes chinois écrits par deux mains différentes. En hiver, il y a de la neige dessus et les signes se détachent encore mieux sur l'herbe marron et pourrie, jusqu'à ce que l'herbe blanchisse à son tour.

8

Ils en ont discuté maintes fois : « Dans quelle chambre devons-nous dormir ? » Dans celle qui donne au nord, il fait un froid de loup quand souffle la bise en hiver, mais elle est fraîche et agréable en été. En outre, il n'y a quasiment pas de bruit puisque la pluie, qui fait un grand vacarme été comme hiver, vient du sud-ouest. Quand les étés sont très pluvieux et qu'ils ne peuvent pas faire sécher les foins ni dans les champs ni sur les claies, Hans Barrøy déclare alors :

« Allez, maman, je crois qu'on va passer au nord, on peut pas rester ici. »

Quand les cristaux de neige scintillent sur la housse de couette en hiver, il dit le contraire, qu'il faut s'installer au sud :

« On crève de froid, ici. »

Ils prennent les couettes remplies de duvet, passent de la chambre du nord à celle du sud, ils se laissent porter par le temps et les saisons car ils ont un grand lit dans chacune de ces chambres mansardées qu'ils appellent des « salles », la Salle Nord et la Salle Sud. Ingrid dort dans la chambre située entre les deux, qui donne à l'ouest, et qui a le soleil au milieu de la nuit durant la saison où l'on rêve des trois autres, tandis que Barbro dort dans la chambre qui donne à l'est, d'où vient le beau temps.

Le vieux Martin dort dans une pièce à l'intérieur de la grande salle. Il lui arrive de laisser la porte ouverte, il a un poêle à lui dans lequel il fait un feu très fort car il est gelé ; il fait donc souvent chaud dans la grande salle, même à des périodes de l'année où, dans ces contrées, on n'utilise pas ces pièces-là, ce qui signifie que, par un dimanche ordinaire d'octobre ou de mars, on peut y dîner. À cette occasion, Maria met une nappe blanche sur la table.

Cette nappe a des liserés avec de minuscules fleurs rouges et jaunes, reliées par des sarments verts, c'est sa mère à elle qui l'a brodée. Mais, avant tout, elle est blanche.

Maria préfère dormir dans la Salle Sud, même s'il y fait trop chaud par beau temps en été, et trop de bruit par mauvais temps, à la fois en été et en hiver, car de la fenêtre elle peut contempler tout Barrøy et les îlots au sud ; par temps clair, elle peut voir jusqu'à Buøy, là où elle a grandi, son point de comparaison à elle. En outre, la Salle Sud est un peu plus grande que la Salle Nord, elle peut avoir son coffre sous le mur incliné, elle a également de la place pour les deux tables de chevet que son père lui a offertes comme cadeau de mariage, ces vieilles merdes, comme il les appelait ; elle les tenait aussi de sa mère, morte bien trop jeune d'une épidémie qui avait creusé des coupes tellement importantes dans la population que seuls les plus forts avaient survécu.

« Est-ce qu'on ne va pas bientôt se fixer comme des gens convenables, dit-elle, et cesser d'errer comme des Gitans ? »

Depuis l'arrivée du cochon Gruau à la maison – il vit dans un casier à tourbe qui est vide en cet instant –, Hans trouve qu'il doit faire preuve d'un peu d'initiative, et après avoir réparé les nichoirs des eiders, après avoir planté les pommes de terre, alors que les journées se font plus longues, plus douces et plus amples, propices à la récolte de la tourbe, il prend une barre à mine, une masse et de la dynamite, il va sur la montagne à la crique nord-ouest de l'île, à l'endroit où des pieux goudronnés ont été plantés dans la mer et enfoncés dans la roche à cinquante centimètres d'intervalle, si bien que les gros bateaux peuvent mouiller par beau temps, par exemple le bateau de fret de l'Usine, ou la barque pontée d'Erling, le frère de Hans qui, chaque année, après Noël, passe prendre Hans et ses lignes de fond quand ils vont à la pêche dans les Lofoten. Là aussi, il y a une remise à bateaux, ils l'appellent le hangar des Lofoten, il est fermé toute l'année, on y entrepose le précieux matériel de pêche.

S'il manque vraiment quelque chose sur cette île, c'est un quai digne de ce nom. Le vieux

Martin, qui a vécu sans quai depuis près de quatre-vingts ans, est dans la cour de la ferme, il regarde au nord et se demande si son fils va enfin se résoudre à l'inévitable ; ils ont accumulé du bois flottant depuis une génération, ce ne sont pas les matériaux qui manquent.

Mais Hans Barrøy a d'autres projets. Il fore dix trous profonds dans la roche de la montagne, charge, place une mèche et fait sauter trois bons mètres cubes de pierres. Celles qui sont trop grosses, il les casse à la masse.

Il va chercher le cheval et la carriole, demande à Maria de l'accompagner, il lui explique qu'il préfère la « pierre tirée » pour les fondations, il n'y a que des problèmes avec les galets lisses, les « pierres tirées », en revanche, ont des surfaces rugueuses, elles accrochent l'une sur l'autre et ne bougent pas d'un millimètre. Elle demande :

« Des fondations ? »

Oui, la solution au problème du sommeil et de la direction du vent, c'est bien sûr d'agrandir la maison au sud, elle est comme faite pour être prolongée, une extension de trois, quatre mètres de long offrira une protection du soleil et de la pluie, ils pourront ainsi rester dans la Salle Sud toute l'année.

Il se met au travail avec la pelle et la pioche, il retire un gros pied de tourbe, trouve la roche et rapporte des pierres à la maison, il attaque pleinement les fondations dès le lendemain, avec l'aide de Martin et de Barbro. Barbro aime le travail de force, elle prend une grosse pierre dans la carriole, fait cinq pas vers les fondations et demande à son frère où il faut la poser, elle ne la lâche pas tant qu'il ne lui a pas indiqué la place exacte. Pour plaisanter, il prend son temps, elle devient toute rouge, se met à crier et laisse tomber la pierre. Ils la soulèvent ensemble et la posent où il faut. Il lui demande si ça va.

« Ouais », répond Barbro avant de prendre une autre pierre.

Martin secoue la tête en voyant la chose et demande si Maria ne va pas l'aider à maçonner.

Hans fait comme s'il n'avait pas saisi, même s'il a commencé à s'interroger. Maria a bien vu l'évidence, à savoir qu'avec l'extension de la maison va disparaître la raison pour laquelle elle veut dormir dans la Salle Sud, la vue, sa vue sur son enfance à l'embouchure du fjord. Mais elle ne parvient pas à en parler avant que son mari n'ait posé les poutres d'assise sur les fondations, et n'entame la charpente. « Et la vue ? » demande-t-elle. Il travaille depuis presque une semaine.

Elle assiste alors à une chose qu'elle n'a jamais vue, il s'assied par terre et on dirait qu'il va s'effondrer, à la fois comme époux et comme personne. Martin s'écarte, écœuré, et dit : « Cré bon sang ! » Maria ne sait pas consoler un homme, elle aussi s'éloigne dans la cour, mais Barbro s'assied à côté de son frère et lui demande pourquoi il pleurniche, comme il le lui demandait, lui, quand ils étaient petits. Il la chasse et essuie la sueur, il reprend tout de suite la pelle et la pioche, enlève la couche de tourbe autour des fondations, charge le tout dans la carriole et descend jusqu'au Jardin des Gorges où ça pourra sûrement servir à combler des trous dans le sol.

« Qu'est-ce qu'il y a, maintenant ? demande Maria pendant le dîner.

— Qu'est-ce que tu crois ? » répond Hans.

Le lendemain, il va au village et en revient avec le canot chargé jusqu'au plat-bord de sacs de ciment, achetés à crédit. Il mélange le ciment avec du sable et se met à couler un nouveau mur devant celui qui a déjà été monté, un mur en béton, il coule ensuite une sorte de dalle sur la montagne, inégale, mais étanche. Sur les poutres d'assise, il cloue des banches, coule du béton sur les fondations, environ un pied de haut, jusqu'à l'épuisement du ciment. Quand il enlève les banches, on dirait qu'ils ont une grosse caisse de pierre qui prolonge la maison, un ensemble de cinq mètres sur trois, haut d'un bon mètre.

C'est un puits.

Hans Barrøy assemble quelques longues planches, bord à bord, et les monte comme des gouttières sous les pieds de toit, il les fait descendre en pente pour qu'elles aboutissent au-dessus du puits, où elles forment un entonnoir. Puis il prend quelques planches et fabrique un couvercle. Cette couverture ressemble à un plancher, c'est tout aussi solide, ils peuvent marcher et s'asseoir dessus. Il y ajoute une trappe qui est montée sur des charnières, pour ne pas gêner les seaux descendus et remontés.

Le vieux Martin a un rire de découragement.

Comme il fait beau le soir où ils terminent de monter des gouttières sur le toit de l'étable, ils dînent sur le couvercle du puits. Un mois pluvieux plus tard, en juin, le puits est plein. L'eau est claire comme la mer, contrairement au liquide bourbeux dont les bêtes devront se contenter désormais. Après la saison aux Lofoten, Hans va acheter une pompe à bras et l'installer dans la cuisine. Ce n'est pas la pompe qui constitue un défi, mais les conduites en cuivre qu'il faut passer sous toute la maison et qui vont probablement geler en hiver. Idéalement, le puits aurait dû se trouver au nord, contre la cuisine. Ils dorment dans la Salle Nord quand il fait trop chaud au sud, ou quand la pluie fait trop de bruit. Puis ils emportent les couettes dans la Salle Sud quand il fait trop froid au nord. C'est une belle vie.

9

Ils échangent des taurillons et des béliers avec les habitants des autres îles. Quand ils ont un bélier eux-mêmes, ce dernier n'a pas le droit de paître avec les brebis et les agneaux. Il a son propre îlot, que l'on appelle l'Îlot du Bélier. Il y reste presque toute l'année, il mange de l'herbe et du goémon, on le ramène sur Barrøy seulement un mois par an, au moment de Noël, quand il doit être mis avec les brebis. C'est Hans qui va le chercher, et Ingrid l'accompagne.

Ingrid a peur du bélier, il est méchant. Mais son père le coince sur une pointe de l'îlot avec un long bâton, le prend par la toison, le renverse, lui attache les pattes et le porte au canot tandis qu'Ingrid l'observe en frissonnant. Il y a beaucoup de vie dans le bélier. C'est une bête sauvage. Avec de longs poils emmêlés, des croûtes de sel, de sable et de terre autour des sabots, une sorte d'armure noire qui se balance et qui empeste la mer et l'étable. Arrivé sur Barrøy, il est tenu par une corde ; il est tellement raide et inoffensif après la traversée que Hans peut le conduire à l'étable sans qu'il n'oppose de résistance. Quand il a fait son ouvrage, on le ramène à l'Îlot du Bélier ou, plus rarement, sur un autre îlot où il n'y a pas de brebis.

Tous les îlots ont un nom. L'un d'eux s'appelle Le Nœud. Un jour, le bélier a essayé de s'enfuir. Il a nagé jusqu'au Nœud. Quand ils se sont aperçus de la chose, ils l'ont laissé sur place. Trois jours plus tard, il est retourné à son îlot. « Ça lui servira de leçon », a dit Hans. Ingrid a trouvé ça terrifiant. S'il est tout seul, pourquoi ne nage-t-il pas vers un îlot où il y a des brebis ? Elle se dit aussi qu'il est peut-être aveugle. C'est encore plus terrifiant. Mais un bélier aveugle doit bien être capable d'entendre ?

Quand le soleil disparaît dans la mer flamboyante, ils voient la silhouette du bélier se détacher sur l'horizon rougeoyant, insecte minuscule sur un radeau de pierre dans la mer.

« V'là qu'il crie après Dieu », dit Barbro.

Il arrive au bélier ce qui arrive avec tous les animaux : un jour, il meurt. Il faut alors l'enterrer. Le bélier est la seule bête qu'ils ne mangent pas.

10

Ils ne mangent pas non plus les eiders, mais ce ne sont pas des animaux domestiques, même s'ils leur construisent de petits abris en pierre pour récupérer le duvet, et même si, depuis des années, ils en ont un qui niche sous l'auvent. À ce moment-là, le chat reste enfermé pendant quelques semaines. Il n'aime pas ça, car il doit demeurer dans la chambre de Martin, où il n'y a pas de rideaux à déchirer. Le chat s'appelle Bonken, c'est un mâle, car ils ne peuvent pas avoir une chatte, elle aurait sans cesse des petits que Hans serait obligé de tuer, mais il en est du chat comme de toutes les bêtes sur une île, comment pourrait-il avoir des petits s'il est tout seul ?

Quand le temps au début de l'été est si mauvais qu'il n'est pas possible de travailler dehors, Barbro et Maria se servent de la harpe pour nettoyer le duvet. Elles ne connaissent rien de plus cher et de plus étonnant. Si on le tient contre son visage, on sent une chaleur aussi douce qu'impérissable. On peut le serrer dans sa main et découvrir soi-même que ce n'est que de l'air, il suffit de rouvrir la main pour qu'il se gonfle comme un nuage gris, comme si de rien n'était.

Quand ils le vendent, ils le mettent dans des sacs de toile, ils les attachent avec une ficelle dans laquelle ils passent un morceau de papier. Sur celui-ci, il est inscrit l'année de récolte du duvet, le nom de l'île et « 1 kilo ». Un kilo de duvet est incroyablement gros et incroyablement léger. Et même le bon prix qu'ils en obtiennent est ridiculement bas. C'est pour cela qu'ils en gardent beaucoup. C'est une idée de Hans. Ils en ont dans leurs propres couettes, comme les gens riches des villes, ou ils l'entreposent dans le grenier le plus sec au-dessus de l'étable jusqu'à ce que les prix soient meilleurs. Ils le vendent alors deux fois plus cher qu'au marché en été ou qu'à Tommesen à l'usine de poissons, car le prix du duvet est au plus bas quand les gens le vendent, et au plus haut quand seul Hans en a à vendre. Il est le seul îlien à avoir réussi cela. C'est peut-être parce que les gens de Barrøy ont un tout petit peu plus d'argent que les autres – Hans a une part entière à la pêche aux Lofoten –, mais c'est peut-être aussi parce qu'ils sont plus patients. Les habitants des îles doivent se montrer plus patients que tout le monde.

Barbro n'aime pas nettoyer le duvet, ses mains sont trop grosses, aussi, dès qu'Ingrid a quatre ans, elle doit aider sa mère. Ingrid adore le duvet, elle veut d'abord jouer avec et elle renverse tout ce qu'il y a sur le petit banc où elles sont assises. Puis elle découvre que si on tient dans une main une boule de duvet qui n'a pas été nettoyé et une boule de duvet nettoyé dans l'autre main, on ne supporte pas l'idée de ne pas nettoyer le duvet sale, il est tellement épouvantable avec toutes ces petites branches, ces bouts d'herbe et ces minuscules coquillages.

C'est sa mère qui lui a appris cela en lui demandant de se tenir tranquille, les yeux fermés, et de sentir attentivement ces deux poignées de duvet, l'un propre, l'autre sale, et de compter à haute voix ; elle arrive juste à dix et à onze quand elle aperçoit le sourire de sa fille qui lui indique que celle-ci a compris de quoi il retournait. Elle lui dit alors : « Tu as appris quelque chose que tu n'oublieras jamais. »

À partir de ce jour, Ingrid nettoie le duvet bien plus vite que Barbro, laquelle est libérée de cet esclavage et peut travailler à l'étable, dans le hangar à bateaux et ramender les filets comme un homme.

11

Barbro sait aussi *mailler* des filets neufs, pour la morue, le hareng et le flet, et même du tramail. Elle y consacre la plus grande partie de l'hiver, pendant que Hans est aux Lofoten. Ce qui est bien avec le filet neuf, c'est qu'il est propre, sec et qu'il n'empeste pas, on peut rester à la cuisine avec la navette et l'aiguille, et mailler avec le murmure chaud du poêle dans le dos, alors qu'il fait froid dehors.

Nettoyer et ramender des filets dans le froid est le pire travail qui soit, les gens de la côte en ont tous les mains abîmées, car c'est le seul ouvrage que l'on ne peut pas faire avec des gants ; Martin considère que c'est un privilège de manier des filets neufs et secs, mais à l'intérieur, et à côté d'un poêle rempli de tourbe brûlante, non, ce n'est pas seulement inutile, c'est insensé, et il n'a pas besoin qu'on lui rappelle encore que sa fille cadette est comme elle est.

Barbro se moque de ce que dit son père.

Du reste, les autres n'y prêtent pas davantage

attention. Cela s'est passé il y a quelques années à peine, personne ne saurait dire exactement comment c'est arrivé mais, du jour au lendemain, Martin a cessé d'être celui qui décidait sur l'île, un beau jour, c'était Hans.

Personne ne s'en souvient, sauf Martin : c'était au moment où ils étaient embarrassés par l'arbre russe et ne trouvaient aucune solution. Lui et son fils devaient le monter sur un rondin avec un levier, mais quand il s'était lancé, ses forces avaient disparu, comme lorsque l'on enfonce un pic dans une tourbière humide. Un claquage dans sa façon de penser. Il avait dû s'asseoir et reprendre son souffle, haletant, tandis que son fils se retrouvait avec tout le poids sur ses épaules.

À partir de ce jour, le ton fut différent.

Les autres le notèrent également.

Même Ingrid a commencé à prendre de mauvaises habitudes. Par exemple, elle refuse de respecter une interdiction émise par son grand-père et va voir sa mère, qui lui permet ce que Martin lui défend. Il arrive aussi que Maria se montre d'accord avec son beau-père, mais à sa guise, comme si elle se moquait purement et simplement de sa présence et de ses décisions.

Martin l'a accepté. Mais il est devenu hargneux. Quand il était jeune, et un homme est jeune pendant de longues années, il n'était jamais en colère, désormais, il l'est tout le temps. Personne ne s'en soucie. Durant les nuits du début de l'été, le chat dort sur son ventre, dans la petite chambre. On entend Martin ronfler à travers la mince cloison, et le chat qui ronronne. C'est ridicule. Quand l'eider sous l'auvent a fini de couver ses œufs et guidé ses petits sur le long chemin jusqu'à la mer, on relâche le chat et il dort le reste de l'année sous le poêle de la cuisine, quand il n'est pas en train de chasser des souris et des oisillons.

Le chat Bonken connut une fin tragique.

Il fut emporté par un aigle. Cela se produisit durant les foins. Ils entendirent les cris, ils levèrent les yeux des claies et des râteaux et découvrirent le chat, une tache d'encre floue sous les ailes énormes d'un aigle de mer. Il se débattit, griffa, feula et, pendant un instant, ils crurent qu'il allait réussir à se dégager. Ce qu'il fit. Mais quand il commença à tomber, ils se rendirent compte de la hauteur où il se trouvait. Ils le virent écarter les pattes comme une chauve-souris déploie ses ailes, se redresser et chuter dans l'infini, puis, sans raison, il fit quelques bonds sur ses pattes, peut-être parce qu'il en avait assez de tomber et voulait se mettre à courir, il fit un demi-tour sur lui-même et heurta le rocher à côté du hangar des Lofoten, le dos en premier.

« C'était trop haut, même pour un chat », déclara Hans. Cette phrase devint un dicton qu'il répétait chaque fois que quelque chose dépassait les forces d'un homme des îles.

Ingrid et Barbro enterrèrent Bonken à l'extérieur du Jardin des Roses et posèrent des coquillages en forme de cœur sur sa tombe. Barbro chanta un cantique. Ingrid pleura. Une bonne semaine plus tard, Hans revint avec un nouveau chat. C'était une femelle qui fut appelée Karnot. C'était le nom d'un homme avec qui Hans était allé à l'école et qui, d'après lui, ressemblait à un chat ; ils l'appelaient l'homme-chat quand il était enfant. Le chat Karnot était marron et doux comme un porridge frais, gracieux et câlin, il avait le droit de rester sur la table de la cuisine quand les hommes étaient sortis. La nuit, il dormait au pied du lit d'Ingrid. Ils le qualifièrent de chat de jour, car il dormait aussi longtemps et aux mêmes heures que les gens. Mais Karnot dut lui aussi rester à l'intérieur quand, au printemps, l'eider arriva pour préparer son nid sous l'escalier de l'auvent. L'eider est un animal sacré.

12

L'hiver commence par une tempête. On parle de la Première Tempête d'hiver. Il y a déjà eu des tempêtes par ici, en août et en septembre par exemple, des bouleversements soudains et impitoyables dans l'existence.

Mais, en règle générale, les tempêtes sont brèves, et c'est durant l'une d'elles que les feuilles disparaissent. Il n'y a pas beaucoup d'arbres sur l'île, mais il y a assez d'arbustes à baies, de bouleaux nains et de saules qui, à la fin de l'été, ont des feuilles jaunes qui virent au marron et au rouge à des vitesses variées, si bien que l'île ressemble à un arc-en-ciel sur terre pendant quelques jours de septembre. Elle garde cette allure jusqu'à ce que cette petite tempête attaque les feuilles par surprise et les emporte dans la mer, et métamorphose Barrøy en un animal loqueteux à fourrure marron. Elle va rester ainsi jusqu'au printemps, si elle ne ressemble pas alors à un cadavre aux cheveux blancs sous les rafales et la grêle, quand la neige violente arrive, disparaît, revient encore et forme des congères comme si elle tentait d'imiter la mer sur terre. Mais cette tempête-là n'est pas pire que celles qu'ils essuient régulièrement, ils se rappellent bien la dernière, l'année passée.

La Première Tempête d'hiver, en revanche, c'est tout autre chose.

Elle est aussi colossale chaque fois et vient avec une gravité brutale, ils n'ont jamais vu une tempête pareille, même si elle revient tous les ans. C'est de là que vient l'expression *de mémoire d'homme*, ils ont oublié comment c'était puisqu'il n'y a rien à faire, seulement endurer cet enfer du mieux possible et le chasser de sa mémoire le plus vite possible.

Ils ont sur la tête une tempête qui frappe sans mollir et sans discontinuer depuis plus de vingt-quatre heures, avec des plaques d'écume qui filent sur l'île comme des boules de laine jaunes, de la pluie dure comme la grêle et une marée haute qui ne redescend pas. Hans est sorti trois fois et il a attaché ce qu'il croyait n'avoir jamais à attacher. Il a vu le vent emporter une brebis dans les eaux avant de réussir à enfermer le reste des bêtes dans le hangar à bateaux ; ils n'ont pas encore tué les bêtes et ils n'ont pas assez de place pour toutes dans l'étable, il les attache au canot auquel il rajoute des amarres, c'est ridicule ce qui vient à l'esprit d'un homme frappé par la Première Tempête d'hiver.

Il a également fixé des cordes sur le nouveau couvercle du puits, cela lui a pris des heures. Il doit ensuite ramasser les nouvelles gouttières qui jonchent le sol et rouler de lourdes pierres dessus avant de rentrer en rampant, il est alors si trempé, il fait une tête tellement bizarre qu'Ingrid ne le reconnaît pas.

Elle n'aime pas ces tempêtes, les craquements de la maison, les coups de trompette dans le conduit de la cheminée, l'univers entier qui se déchaîne, le vent qui lui extirpe l'air des poumons quand elle accompagne sa mère à l'étable, le vent qui lui assèche les yeux et la pousse contre les murs et les arbres voûtés, qui force toute la famille à rester dans la cuisine et dans la grande pièce, où ils n'arrivent pas à fermer l'œil. Même Martin ne bouge pas quand la tempête ravage son île, avec le bonnet sur la tête et ses grosses mains semblables à des coquilles vides et immobiles sur ses genoux. Quand il n'enlace pas Ingrid, elle va et vient entre lui et la table, entre le poêle et le garde-manger, elle est assise sur la caisse de tourbe avec les jambes qui pendouillent avant de retourner près du grand-père et de lui tripoter les mains comme si c'étaient des nounours.

Les visages des adultes sont taillés dans la pierre. Ils chuchotent, ils écarquillent les yeux, ils essaient de rire, ils démasquent leur propre comédie et redeviennent sérieux, car si la maison de Barrøy a tenu debout jusqu'à présent, cela ne prouve rien pour le lendemain, car il y avait jadis des maisons à Karvika, et il n'y en a plus.

En particulier, il est difficile à Ingrid de regarder son père. Heureusement qu'elle le connaît car, sinon, Ingrid pourrait croire qu'il a peur, et il n'a jamais peur. Un îlien n'a pas peur sinon il ne peut pas vivre dans un endroit pareil, il lui faut prendre ses cliques et ses claques, déménager et s'installer dans un bois ou dans une vallée, comme tout le monde. Ce serait une catastrophe, un îlien a l'esprit sombre, il n'est pas raide de peur, mais de sérieux.

Le sérieux ne cède pas, même quand le chef de famille ressort une fois de plus et revient avec du sang sur la figure, et déclare :

« C'est du grand beau temps. »

Il leur faut un instant avant de saisir que c'est une blague, ils lui essuient le sang sur le visage, constatent qu'il n'a qu'une petite coupure au menton, il demande du café et dit que le Vieux Sorbier commence à pencher vers l'est, ils comprennent alors que le vent a tourné, ce n'est plus l'épouvantable vent du sud-ouest mais un vent d'ouest, premier signe que l'ouragan va se transformer en une tempête normale, qu'il va ensuite tourner au nord, mollir, se muer en un coup de vent, et enfin tomber suffisamment pour qu'ils puissent apporter de l'eau à l'étable sans arriver avec les seaux vides.

Barbro et Maria apportent des seaux presque à moitié pleins aux bêtes, Hans médite dans la cuisine, il tripote sa coupure sur le menton et une idée lui vient soudain à l'esprit, il déclare qu'il va emmener Ingrid et regarder la mer, comme ça, elle apprendra à ne pas la craindre, au moment où elle est le plus déchaînée, le plus instructive.

Il ne sait pas pourquoi il a pensé à ça.

Elle non plus. Il l'habille, Martin secoue la tête et noue une corde autour de la taille d'Ingrid. Ils sortent dans un ciel qui écume, ils vont vers le sud, avancent à contre-courant d'un flot de vent et d'eau, ils grimpent avec peine sur trois enclos de pierre, se mettent à l'abri pour reprendre haleine, ils en franchissent encore un de plus, son père rit à chaque obstacle et Ingrid doit mettre les deux mains devant son visage pour respirer, ils montent sur la colline derrière l'arbre russe qui forme un ultime rempart contre le vacarme qui s'abat sur eux – des murs d'eau furieux qui se sont dressés là-bas, dans la nuit noire, qui se déversent et se brisent sur les cailloux, la rive et les rochers ; le sable, les coquillages et la glace grondent, ce sont les trompettes du Jugement dernier, nul ne peut voir cela, ni le comprendre ou s'en souvenir, il faut tout oublier, tout de suite.

« C'est sans danger », lui crie son père à l'oreille.

Mais elle n'entend pas. Ni lui. Il lui crie qu'elle doit sentir avec son corps que l'île est immuable, même si elle tremble, même si le ciel et la mer sont chambardés, une île ne disparaît jamais, même si elle vacille, elle reste ferme et éternelle, *enchaînée* dans le globe lui-même. Oui, c'est presque une expérience religieuse qu'il veut partager avec sa fille en cet instant, puisqu'il n'a pas de fils ; avec chaque jour qui passe, il est de plus en plus certain qu'il n'en aura jamais, il doit s'accommoder d'une fille et lui apprendre ce principe fondamental : une île ne sombre jamais. Jamais.

Plus tard, Ingrid s'interrogera sur ce soir-là. «Je ne l'oublierai jamais», dira-t-elle, quand la tempête se sera calmée depuis longtemps. Il ne reste que la question immuable, savoir si l'île est plus qu'un grain de sable. Cette question ne vient pas de son père, mais de sa mère qui, alors qu'ils sont rentrés en rampant, les accueille par des hauts cris, elle se plaint qu'elle ne peut même pas aller à l'étable tandis que son idiot de mari expose la petite à un danger mortel, et s'il a encore des lubies pareilles, elle pourrait bien divorcer et partir.

Ce n'est pas la première fois qu'une phrase de ce genre est prononcée dans cette maison, ils ont des nerfs d'acier, mais c'est la première fois qu'Ingrid saisit ce que cela signifie : une île, c'est quelque chose que l'on peut quitter.

Elle se met à pleurer et il faut un moment à Maria pour comprendre que ce n'est pas la tempête mais ses propres paroles qui ont secoué Ingrid, ils ne veulent rien dire pourtant, ce ne sont que des bruits et des sanglots. Mais elle ne parvient pas à dire qu'ils ne quitteront jamais Barrøy, c'est une idée impossible, surtout au moment où la Première Tempête de l'hiver pousse ses râles de mort à l'extérieur des murs qui craquent, à ce moment-là, on est déstabilisé, on ne sait pas que, lorsque l'on vit sur une île, on n'en part jamais, on ne sait pas qu'une île s'accroche à ce qu'elle a, de toutes ses forces.

13

Les jours suivants, ils arpentent les rives du sud de l'île, Hans Barrøy avec une fourche, Martin avec une gaffe et les autres avec un râteau chacun. Ils fouillent les tas d'algues que la tempête a drossés, d'énormes saucisses brunes sur le sol et les enclos, entremêlées comme des cordes visqueuses et glissantes, ils les arrachent et trouvent des morceaux de bois, des baquets à lignes de fond, des écopes, une boîte à thé douteuse avec un scorpion sur le couvercle, une horloge sans mécanisme, un livre tout gonflé sans lettres, ils soulèvent ces objets et se les montrent en poussant des cris de surprise, puis ils les déposent dans la charrette attelée au cheval qui broute et finit par se coucher dans l'herbe parce qu'il n'a plus la force de rester debout longtemps, il est couché entre les brancards, comme une vache.

Le cheval.

Il n'est pas jeune. Il ne l'était pas non plus quand il arriva sur l'île. Il arriva par bateau, le plus gros qu'Ingrid avait jamais vu, il fut hissé à terre avec une élingue et une grue et déposé sur le rocher à côté du hangar des Lofoten, là où, un jour, ils construiront un quai. Il était terrifié, le regard fou, les yeux révulsés, il ruait, hennissait et mordait. Ils ne purent que le laisser courir jusqu'à ce qu'il retrouve ses esprits. Cela devait être un cheval paisible, il l'était en tout cas quand il se trouvait dans le pré voisin de l'Usine. En vérité, il avait fait son temps. C'était pour ça que Hans l'avait eu pour si peu cher. Quasiment pour rien.

Mais ce fut amusant de voir le nouvel habitant de l'île. Il galopa comme un fou, fit demi-tour quand il trouva la mer à l'est, il fonça vers le sud et rencontra encore la mer, il fit volte-face une nouvelle fois, fila vers le nord en secouant la tête d'un air viril, la vieille bête de somme, et se heurta à un autre mur de mer, il continua ainsi et, après avoir visité tant de criques et de recoins de sa nouvelle demeure, il dut se rendre compte qu'il se trouvait sur une île et qu'il ne la quitterait jamais, lui non plus.

Mais ce n'était pas un gentil cheval.

Il restait à l'étable avec les autres bêtes, mais il lui fallait une mangeoire individuelle et il y avait besoin d'une séparation entre lui et les vaches, car il mordait et ruait, et seul Hans savait s'en occuper, au début, à coups de poing et de pied. Mais, peu à peu, ils parvinrent à une sorte d'arrangement ; le cheval faisait à peu près comme il l'entendait tant qu'il tirait les chargements de foin et de tourbe, ainsi que la faucheuse qu'ils pouvaient utiliser seulement dans les quatre prés les plus plats, sans oublier une charrue toute simple que Hans avait obtenue en prime et qui permit d'agrandir le carré de pommes de terre et de le rendre plus facile à cultiver ; oui, Hans put constater que le cheval se couchait, dormait beaucoup, qu'il se cabrait tant que sa fille ne pouvait pas le monter, même quand il tenait le mors. Mais il n'avait pas de nom.

Sur l'île, tout ce qui est sauvage a un nom.

Pied-de-poule, trèfle, grand orpin, bec-de-grue, renoncule, orchis tacheté, reine-des-prés, angélique, campanule, gant-de-bergère, perce-pierre, camomille inodore et oseille. Goéland argenté, petit pingouin, cormoran, guillemot, macareux, héron cendré, bécasse, oie, cul-blanc et bergeronnette grise. Campagnol et hérisson de mer, couteau, marmite-de-géant, empêtre, bruyère, rhubarbe, ortie et cygnes chanteurs qui saluent deux saisons à coups de trompette mélancoliques… Et tout ce qui est domestique a deux noms, les vaches, les brebis, les chats et même le cochon, qu'ils n'ont gardé que six mois, mais pas le cheval, et c'est doublement étrange car c'est un animal domestique et, en même temps, il est tellement différent des autres de son espèce, oui, assurément, il en va ainsi de cette bête, elle ne ressemble à aucune autre.

La charrette est pleine, Hans chatouille les flancs du cheval du bout de sa botte, il se relève, Hans claque la langue et marche à côté de l'animal, il le guide à travers les jardins jusqu'au hangar à bateaux, au nord de l'île, il lui donne un peu de foin sec dans un sac de jute qu'il attache à la porte pour que la bête ne puisse pas l'emporter.

Ils déchargent tout ce que la tempête a apporté, ils trient, il y a surtout du bois débité et empilé, mais il y a aussi vingt-huit flotteurs en verre dont Martin veut s'occuper, cinq balises avec ou sans tonneau, dont une qui traîne trente brasses de ligne que Hans démêle et suspend à un crochet dans le hangar. Cinq lignes de fond intactes, cinq caisses à poissons qui seront réparties entre les deux hangars à bateaux, trois baquets de lignes dont un auquel il manque une barre que Martin va réparer, assez de perches en bois pour fabriquer la moitié d'un séchoir à morues, un panneau tellement gros qu'il faut être deux pour le soulever, six bottes de marin, toutes pour le pied gauche, dont une inutilisable car quelqu'un a découpé le talon, ou il a été emporté.

Et un masque de carnaval.

Hans le tient devant son visage pour faire peur à Ingrid, mais il l'écarte car il empeste et doit être lavé à l'eau chaude.

C'est un masque du Diable, avec des éclairs rouges à la place des sourcils, une moustache noire et des yeux vides, une bouche édentée et des pommettes hautes et blanches avec des cercles rouges qui lui donnent un air à la fois dangereux et débonnaire. Une tête téméraire et interloquée. En outre, il se révèle être si beau une fois nettoyé des saletés et des algues – avec des couleurs d'un éclat particulier qui rappellent la laque craquelée, une certaine intensité – qu'il trouve une place sur le mur de la grande pièce, et il y restera une éternité avant d'être découvert par un visiteur qui en offre une grosse somme. Il dit qu'il ne vaut pas autant que ce qu'il est prêt à en donner, mais le fait que ce masque soit accroché ici, comme un corps étranger dans une maison modeste d'une île déserte, le rend spécialement intéressant, ce doit être un signe, déclare le visiteur, sans s'expliquer davantage.

Mais ces paroles inspirent des soupçons aux îliens et ils ne le vendent pas, ils peuvent fort bien continuer à avoir ce masque au mur, ils savent dorénavant qu'il est français, cela ne leur coûte rien de le conserver, ils croient en Dieu, pas aux signes.

Après la tempête, ils trouvent également cinq poutres goudronnées, percées, avec beaucoup de chevilles intactes, sans moisissures. Cela leur fait dire qu'elles proviennent d'un seul et même quai. Des gens ont donc perdu un quai entier dans cette tempête, un quai assez *neuf*. Et ils ne peuvent pas être bien loin, peut-être s'agit-il même de connaissances sur une des îles au sud ; Hans et Martin rangent les poutres avec les autres morceaux rassemblés pour ce qui, un jour, sera leur propre quai, mais ils les mettent sur un tas séparé. Ils se disent aussi que du bois aussi cher, c'est l'exception à la règle qui veut que tout ce qui est apporté par les tempêtes appartient à celui qui le trouve, ça, c'est presque comme trouver un bateau à la dérive, avec un numéro et un nom, et il appartient toujours à son propriétaire. Mais ils ont beaucoup de matériaux désormais, et même s'ils n'utilisent pas tout de suite les nouvelles poutres, le projet devient plus proche, l'idée que l'on ne peut plus continuer à vivre ici sans un vrai quai.

14

En février, la mer peut être un miroir turquoise. Barrøy, couverte de neige, ressemble à un nuage dans le ciel. C'est le froid qui rend l'eau verte et plus claire, calme, et visqueuse, comme de la gelée. Elle peut se figer entièrement, se couvrir d'une pellicule, changer d'apparence. L'île a un liseré de glace qui entoure également les îlots les plus proches, elle s'est agrandie.

Ingrid marche avec ses chaussures en poil de chèvre sur un plancher de verre entre l'île et Moltholmen, et elle voit en dessous d'elle des algues, des poissons et des coquillages dans un paysage d'été. Oursins, étoiles de mer et pierres noires sur le sable blanc, poissons qui filent à travers des forêts oscillantes, la glace est comme une loupe, claire comme l'air ; Ingrid se balance, elle a six ans, il est impossible de ne pas marcher sur la glace quand celle-ci vient de se former.

Elle l'a vue s'épaissir, devenir plus solide et plus sûre, elle a fait un trou en jetant une pierre, elle a dérobé une hache de son père et frappé la glace, elle a avancé, mètre par mètre, et ce qui ne se brise pas, on peut marcher dessus.

Comme une somnambule, elle va sur Moltholmen qui ressemble aussi à un nuage dans le ciel, elle s'assied dans la neige, cherche son souffle, puis elle découvre que ce n'est pas plus sûr sur terre que sur la glace. Elle s'éclipse, regagne l'île en se tenant en équilibre, il n'y a pas un bruit au monde, pas de vent, pas d'oiseau, même pas la mer.

Elle prend son élan et glisse, elle court et se jette sur le ventre, elle glisse à nouveau vers l'île ; elle n'est pas à plus de dix ou douze brasses de la terre quand une voix déchire le silence. C'est sa mère qui l'a vue de la ferme et arrive en courant, en agitant les bras, la bouche grande ouverte, elle file par-dessus les clôtures et les buttes et la neige poudreuse volette autour de ses pieds.

Puis elle s'arrête sur la rive comme si elle heurtait un mur, elle court en long et en large, bloquée par un obstacle qui n'existe pas. Ingrid doit rire. Elle prend un nouvel élan et glisse, sa mère crie « Non, non ! » et continue à courir en long et en large derrière le mur invisible jusqu'à ce que quelque chose se brise dans son regard et qu'elle fasse le premier pas sur la glace, les bras tendus comme un funambule, elle retient son souffle et se mord les lèvres, mais sa colère disparaît seulement quand elle peut serrer sa fille contre elle et sentir qu'elles sont sauvées toutes les deux.

Elle se fige sur place, regarde autour d'elle et n'en croit pas ses yeux : elles flottent.

« Viens », dit-elle.

Elles font quelques pas mal assurés, prennent leur élan et glissent pour les quelques brasses qui les séparent de la terre, et elles reprennent leur souffle. Mais Ingrid se dégage et repart sur la glace. Maria crie à nouveau « Non, non ! », mais elle la suit. Elles se tiennent par la main, glissent le long de la rive, vers le nord, à l'intérieur des criques et autour des pointes, entre les petits récifs et les îlots, puis elles entendent une voix et voient Barbro qui s'en va du hangar avec sa chaise et qui les regarde d'un air paniqué. Elles regagnent l'île et l'entraînent avec elles sur la glace, la font s'asseoir sur la chaise et la font tourner, elles la font glisser jusqu'à la pointe nord de l'île et ne regagnent pas la rive jusqu'à ce que Barbro aussi se prenne au jeu, elles la font tourner tandis qu'elle bave et pousse de hauts cris, elles passent la pointe d'Ytterneset et vont jusqu'aux ruines de Karvika.

Là, elles regagnent la neige et rapportent la chaise à la maison. Barbro n'a pas le droit de la prendre avec elle, même lorsqu'elle va ramender des filets dans le hangar à bateaux.

Le seul qui ne se lance pas sur la glace, c'est Martin. Il reste à l'intérieur et ne croit pas qu'il y a de la glace, même si elles le lui disent, il n'y a jamais eu de glace sur l'île, la marée rend la chose impossible, quelle que soit l'intensité du froid et malgré l'absence de vent. Il n'a aucune intention d'aller voir lui-même. Mais quand son fils rentre vivant une fois de plus des Lofoten à peu près en même temps que se pose la première pie huîtrière, quand il lui demande quelles sont les dernières nouvelles, Martin lui répond qu'il y a eu de la glace cet hiver, autour de toute l'île, elle n'a tenu que quelques heures, mais elle était si solide que l'on pouvait marcher dessus, puis un vent fort l'a brisée et l'a drossée à terre, elle est restée comme un remblai de verre cassé pendant plusieurs semaines avant de fondre, c'était à la fin mars.

Son fils lui demande s'il a complètement perdu la tête. Et le vieux Martin regrette de lui en avoir parlé.

15

La nouvelle année a deux jours quand ils découvrent de la lumière dans le noir de l'hiver. C'est la barque pontée d'oncle Erling qui sort de la nuit et vient mouiller près du rocher avant que les gens de l'île n'aient le temps de dire ouf. Ça ne tarde pas, ils ont attendu cet instant.

Si le temps le permet, Hans met une planche instable entre le rocher et le plat-bord du bateau et, tel un jongleur de cirque, il porte à bord dix baquets de lignes, trois caisses de flotteurs, une douzaine de balises, des cordages et un gros coffre de marin qu'un des membres d'équipage doit l'aider à monter, des couvertures, des caques de lait caillé et des cirés. Pendant ce temps, oncle Erling se penche à la fenêtre de la timonerie, il observe la météo et discute avec son père, Martin, qui est perché sur le rocher, les mains dans les poches, comme s'ils s'étaient vus la veille alors que cela fait huit mois, c'était en mai, quand Hans avait été déposé au même endroit, après la saison de pêche. Mais il ne s'est rien passé depuis la dernière fois, pas de morts, pas de naissances, quand à la Helga, elle donne bien le bonjour.

De toute façon, Hans place cette planche même si le temps est mauvais, mais cela lui prend infiniment plus de temps pour monter le matériel à bord. Oncle Erling se penche par la fenêtre de la timonerie là aussi, il crie les mêmes phrases que le vent emporte avant qu'elles ne parviennent au rocher, tout en manœuvrant le bateau de la main gauche, de sorte que celui-ci évite tout juste la paroi rocheuse chaque fois qu'Ingrid ferme les yeux en se disant qu'une catastrophe va arriver.

Martin n'aide pas.

Il trône, tel le capitaine de l'île, il laisse son fils cadet se démener avec le matériel de pêche tandis qu'il parle de banalités avec son fils aîné dans la timonerie, comme s'il y avait un calme plat.

Maria et Barbro sont là également, bras croisés sur la poitrine, penchées contre le vent comme des planches, avec leurs foulards qui claquent comme des fanions. Il arrive que Maria crie une blague à oncle Erling, qui ricane et répond quelque chose qu'Ingrid ne saisit pas, mais qui fait rire Maria et que Martin ignore. Barbro a envie d'aider son frère avec les baquets mais elle sait qu'ils ne veulent pas de femme à bord d'un bateau de haute mer. Par mesure de sécurité, ils n'ont pas de gaufres à bord, ni de fromage brun, et ils ne sifflent jamais, celui qui siffle en mer est fichu, qu'il croie en Dieu ou au destin, peu importe.

Ingrid grelotte, elle a toujours froid jusqu'aux os quand elle regarde son père disparaître. C'est le deuxième jour de l'année, la plus triste des trois cent soixante-cinq journées, et il se termine par la vision du feu arrière qui se balance et se perd dans la nuit hurlante comme une étincelle dans le conduit de cheminée.

Puis la gravité s'abat sur eux.

Non pas la gravité d'une tempête, mais cette lente école de la solitude qui va de pair avec l'île et l'année. Soudain, ils sont moins nombreux, il manque le chef de l'île. Ils deviennent alors taciturnes et silencieux, coléreux et impatients. En outre, les Lofoten ne sont pas un endroit dont on revient nécessairement sain et sauf, la mort est une loterie, là-bas, plus de deux cents hommes périssent chaque hiver, on n'en parle pas trop fort, quelques mots à moitié étouffés suffisent. Il n'y a pas de cimetières avec autant de croix sans corps que ceux que le Seigneur a en sa garde le long de cette côte.

Ainsi passent les jours, en janvier.

Et pendant trois mois. Avec le froid, la pluie battante et le Diable.

Jusqu'à ce que la gravité soit soudain illuminée par un nouvel espoir. Celui-ci grandit au rythme du soleil dans le ciel sombre. C'est tout d'abord un œil au beurre noir, tout en bas, en janvier, puis qui monte en février, de plus en plus sanglant, pour finir par s'allumer dans le ciel comme le cratère qu'il se doit d'être ; ils ont envoyé un homme au petit bonheur la chance dans les ténèbres écumantes, ils risquent de le récupérer intact, peut-être même avec les poches remplies d'argent ; malgré tout, c'est ce qui donne de l'espoir à l'île, le chef de famille a son propre matériel de pêche et une part du bateau.

Ils reçoivent aussi du courrier, une lettre.

Elle est apportée par Thomas, de l'île voisine de Stangholmen, ou par un homme envoyé de Havstein, où les gars passent l'hiver et pêchent dans les eaux du coin, le plus souvent, elle arrive généralement un jour où il fait beau, aux environs de Pâques.

Mais c'est une lettre courte.

Et la manière dont elle est écrite ne leur rappelle pas les paroles de leur mari, de leur frère, de leur fils et de leur père, elle a un ton alambiqué et biblique, comme si elle avait été rédigée par quelqu'un qu'ils ne connaissaient pas. Et ils trouvent qu'il s'éloigne encore plus, au point qu'il aurait mieux fait de s'abstenir d'écrire. Maria le dit sans détour, même si, au moins, ils savent qu'il a ses deux bras et ses deux jambes, pour le moment, qu'il y a du poisson comme d'habitude, ils sont informés du mauvais temps à venir et qu'un ouvrier d'une usine d'huile de foie de morue qui est également cordonnier a fabriqué pour Hans une nouvelle paire de bottes, si bien qu'il ne gèle plus dans les vieilles. Et, quand ils prennent la peine d'y réfléchir, ils se disent que c'est déjà quelque chose, oui, vraiment.

Et il finit par rentrer en personne, plus maigre, il a l'air d'avoir pris trois ans d'un coup, le regard à moitié fou d'énergie et d'abrutissement, comme s'il n'arrivait pas à décider s'il devait se mettre immédiatement à construire ce quai qui fait défaut, ou s'il devait simplement aller se coucher pour de bon.

Ce sont des jours étranges, ces jours après le retour, le retour d'un père, d'un mari, d'un fils et d'un frère. En outre, c'est la fin avril et la lumière a chassé la nuit pour de bon, il n'y a même pas de soir, juste le matin, les agneaux sont là ainsi que les bruyères, et les eiders se dandinent sur terre. L'homme qui vient de rentrer est content de voir que rien n'a changé, car c'est toujours celui qui s'absente qui préfère que le temps s'arrête.

Il y a des rires dans la Salle Nord le matin quand les parents descendent à la cuisine, ça sent à nouveau le café après une pause de quatre mois, les femmes ne boivent pas le café seules, et Martin fait des économies, dit-il. Hans raconte des histoires de son séjour dans le Nord, des anecdotes qu'il faut expliquer et rallonger. Il ne cesse pas de déclarer qu'Ingrid a beaucoup grandi, elle est presque trop grande pour s'asseoir sur ses genoux, où elle reste quand même aujourd'hui, et pour quelques années à venir.

Il y a les œufs, les semailles et les paisibles mois d'été où ils travaillent toute la journée, puis vient l'automne, et il va vraiment y avoir un quai, pas un quai fait de troncs goudronnés, comme prévu, mais en maçonnerie, parce que tout ne va pas comme cela devrait dans l'enfance heureuse d'Ingrid, le monde est troublé, il est en feu.

16

On dit que deux conditions doivent être réunies, l'argent et la guerre. Or cet hiver n'a pas seulement été difficile, il a aussi été mesquin, avec des pêches modestes. Mais un jour de juin où Hans est à l'Usine, il entend une langue étrangère. Du suédois. Cinq inconnus sont sur le quai, en cercle, autour de Tommesen, le propriétaire, et l'un d'eux parle suédois. Les autres ne disent rien, mais ils sont suédois également.

À la salle de salage, Hans entend dire que les temps sont durs en Suède à cause de la guerre, les cinq gars dehors sont des maçons prêts à travailler pour le gîte et la table, ils vont construire les fondations d'une nouvelle étable pour Tommesen, puis celles d'un nouvel entrepôt de poisson séché.

En fait, Hans est à l'Usine pour acheter du sel et des caques ; à la place, il achète des boulons, des planches et six poutres goudronnées, ainsi que cent soixante mètres de madrier de deux pouces et demi. Il n'a que la moitié de la somme.

Et il faut que ce soit livré. Ça non plus, il n'a pas les moyens de le payer, mais il s'en fiche.

Quand il regagne l'île, il parle en tête à tête avec Maria et, le lendemain, il se met à creuser des trous pour les piliers dans la rive sans demander l'avis de Martin. Pas devant le rocher des Lofoten. Non, il enfonce les piliers dans la crique. Au début, c'est un hangar à bateaux bien trop grand, sur pilotis, on marche sur quelque chose qui ressemble à une passerelle, avec une ouverture à l'ouest, un ressaut et un escalier qui descend jusqu'à la rive où les petits bateaux peuvent s'amarrer quand c'est marée haute. Mais, à ce que voit le vieux, ce n'est que la moitié du rêve, comme si son fils n'avait pas les nerfs suffisants, ni l'argent, comme d'habitude.

Il pleut tout le mois de juin. Nuit et jour. Mai a été trop sec, mais le puits se remplit à nouveau, ainsi que les mares et les marmites-de-géant où les bêtes vont boire. Les trous où ils ont extrait la tourbe l'année dernière se remplissent à ras bord et forment des petits lacs marron et carrés et ils doivent veiller à ce que les animaux n'aillent pas s'y noyer.

Et ils ne font pas les foins.

Mais, à la mi-juillet, il souffle un vent d'est constant, le ciel se dégage, le temps est sec, les lacs tourbeux baissent et il y apparaît une croûte noire et craquelée. Ils rentrent la moitié des foins, avant qu'il ne recommence à pleuvoir sans interruption. Le reste des foins est perdu. Mais, au début de septembre, la nouvelle remise est terminée. Ils ne la remplissent pas complètement avec du matériel de pêche et les outils qu'ils laissaient traîner dehors, il y a cinq couchettes, avec de la paille fraîche et des couvertures propres, une table devant la fenêtre, deux chaises et un banc.

Trois jours plus tard, le bateau de transport de l'Usine amène les cinq ouvriers suédois. Ils sont venus à pied de leur pays, à travers les montagnes et les forêts, cela leur a pris trois semaines, ils ont chacun leur sac sur le dos avec leurs provisions et leurs outils ; au cours de l'été, ils ont travaillé à l'Usine, et aujourd'hui, ils sont là, et ils sont efficaces.

Ils dynamitent le rocher pour obtenir les pierres dont ils ont besoin et ils construisent en suivant la même technique utilisée par Hans pour bâtir son puits. Au bout d'une semaine, ils sont déjà au-dessus du niveau des hautes eaux et peuvent travailler dans des vêtements secs ; c'est un bel automne dégagé avec des couleurs qui durent et un vent qui enveloppe les bêtes et les hommes d'un souffle humide. Avec l'été indien, ils sauvent un peu des foins perdus, pendant une semaine, la famille au complet est à faucher sur les îlots, ils rapportent le foin chaque soir et le font sécher sur les pentes au sud de la ferme, puis ils le mettent directement dans la grange, il est vert, mais sec.

Et les Suédois ont avancé d'un mètre de plus.

Mais ils dévorent des quantités énormes de

nourriture. Du pain avec de la confiture de rhubarbe, que préparent Maria et Barbro. Le dimanche, ils ont droit aussi à du beurre et à du café. Chaque jour, Maria fait cuire du poisson et des pommes de terre, elle vide la resserre pour les patates et, pour la première fois depuis qu'elle est arrivée sur l'île, elle a la possibilité de la nettoyer à fond. Elle la lave, la brique et découvre trois trous de souris que Hans rebouche avec du ciment. Ils appliquent de la tourbe nouvelle sur un mur abîmé par le gel et préparent de nouvelles caisses pour la récolte des pommes de terre. Ils les ramassent pendant que les Suédois s'éreintent pour gagner un mètre de plus. La seule question qui reste, c'est de savoir si le dessus du quai va être en bois ou en pierre.

Hans a utilisé ses matériaux, et un peu plus d'ailleurs, pour construire la remise où dorment les ouvriers, le quai sera donc aussi en pierre.

C'est un chef-d'œuvre. Il a les larmes aux yeux le jour où il peut le fouler, une mosaïque égale et solide de granit dans toutes les nuances de Barrøy, le dallage d'une église avec des joints en sable coquillier blanc. Sur le côté, huit poutres fixées descendent dans la mer, trois dépassent d'un mètre au-dessus du quai pour que les bateaux aient de quoi s'amarrer. Ils peuvent accueillir un vapeur. Et ils peuvent le garder, avec deux aussières. Mais avec ça, le fier hangar des Lofoten a désormais l'air bien piteux et petit, on dirait des cabinets, déplacés et gris. Hans a déjà des projets d'agrandissement pour l'année prochaine.

Cela a été bizarre d'avoir des étrangers sur l'île. Avec eux, la population a doublé. Et dès la première semaine, ils doivent écarter Barbro du chantier.

« J'veux baiser ! » crie-t-elle et Maria doit boucher les oreilles d'Ingrid. « La belle-sœur, elle a pas toute sa tête. »

Barbro crie plusieurs phrases qu'Ingrid ne doit pas entendre. Mais Ingrid n'aime pas être empêchée d'entendre et elle finit par comprendre de quoi il retourne, Barbro le lui explique et lui dévoile qu'un des Suédois s'appelle Lars Klemet. Il n'a pas vingt ans et il est le seul dont elle comprend la langue. Ingrid aussi aime bien Lars Klemet, il est drôle, il joue et parle avec elle quand il ne travaille pas, et il chante bien. Barbro aussi. Elle monte sur le rocher avec sa chaise et trône comme une reine vigilante, elle regarde travailler les ouvriers, les corps nus et minces qui brillent de sueur et de sel, qui se tannent dans cette fin d'été qui dure, les nerfs et les muscles qui jouent sous la peau d'un homme qui montre tout ce dont il est capable. Elle cuisine, apporte du pain frais et un nouveau bidon de confiture, s'il y a une chose qu'ils ont en abondance, c'est bien la rhubarbe. En outre, Lars Klemet est le seul qui se lave dans la mer, il sent plus la mer et le goémon que le cheval, et puis il dit qu'il n'a jamais été aussi bien nourri et il pince les cuisses de Barbro quand personne ne le voit, mais une île, c'est grand comment ?

Il y a à peine un kilomètre du nord au sud et un demi-kilomètre d'est en ouest, elle possède de nombreuses buttes, des creux de terrain, des vallées herbeuses, elle est découpée par des criques profondes, des pointes tourmentées et trois plages blanches. Et même si, par une journée normale, ils peuvent surveiller les brebis du haut de la cour de la ferme, ce n'est pas si simple de garder un œil sur elles quand elles se couchent dans les hautes herbes. Et cela vaut aussi pour les gens, même une île a ses secrets.

Il faut dire aussi que Maria, Hans et surtout Martin ne s'intéressent plus à ce que fait Barbro, il y a les foins à récolter et à mettre au sec.

Quand les Suédois finissent par partir, ils serrent la main à tout le monde, même à Ingrid, et, en plus du gîte et de la table, ils reçoivent chacun une somme d'argent ; cela a coûté à Hans tout ce qu'il a et même plus, mais il sait ce qu'il a obtenu, un quai en pierre qui durera pour l'éternité, et il ne peut pas laisser repartir les ouvriers sans leur donner plus que ce qu'ils demandent. Ils auraient dû recevoir ce qu'ils méritaient, mais il n'a pas autant d'argent, alors on coupe la poire en deux, et les deux parties sont contentes. La pluie s'est installée à nouveau quand ils s'en vont, c'est le début d'octobre, et elle continue ; même si les gens de l'île poussent un soupir de soulagement en retrouvant leur nombre habituel, ils éprouvent une certaine mélancolie. Cela a ses bons côtés d'avoir un étranger en visite. Quand il repart, ils restent entre eux et se disent que cela ne suffit peut-être pas. Un visiteur crée un vide. Il montre aux îliens qu'il leur manque quelque chose, que ce manque existait aussi avant sa venue, et qu'il va continuer.

17

Hans a une longue-vue. Ce qu'il y a de curieux avec cette longue-vue, c'est qu'il l'a rangée quelque part et ne s'en sert jamais. Il ne se souvient plus d'où elle vient. Mais aujourd'hui, ils déménagent du matériel de pêche et des équipements du vieux hangar à bateaux à celui des Suédois. Il trouve un rouleau en toile graissée et il reste perplexe avec l'objet dans la main. Dans son souvenir, il fait partie de son équipement depuis toujours. Il déplie le tissu, se dit simplement : « Ah oui, c'est la longue-vue… »

C'est une longue-vue qui grossit quarante fois, un instrument allemand peint en noir, ou recouvert d'un similicuir, avec quatre éléments en cuivre, un oculaire également en cuivre, et une vis qui permet la mise au point.

Il la montre à son père.

Martin dit la même chose. « Oui, c'est la longue-vue. »

À la question de savoir d'où elle vient, il ne peut pas donner de réponse précise, comme lorsqu'il parle des ruines de Karvika, il a dû en hériter de son père, qui était à la fois pilote et gardien de phare de réserve quand il n'était pas pêcheur, on dirait qu'elle aurait sa place sur un navire.

Hans la sort, il l'observe attentivement à la lumière d'automne et se demande pourquoi il n'a pas joué avec quand il était enfant. Et puis, ça lui revient. Il n'avait pas le droit. Il le mentionne à son père. Martin sourit et déclare que, lui aussi, son père lui interdisait de jouer avec.

Il la pose sur une plaque d'ardoise qu'ils ont installée sur trois pierres pour faire office de plan de travail à l'extérieur du hangar, il s'accroupit et met au point. Il voit les montagnes sur la terre ferme avec tellement de détails qu'il se croirait à leur pied, elles sont déjà couvertes par la première neige, elles étincellent. Mais la terre n'a pas de rivage, là où il sait que se trouvent les maisons. Les maisons ont disparu, derrière la mer ; la courbure de la terre les a éliminées.

À son tour, Martin regarde les montagnes sans pied.

Ils sourient tous les deux.

Il pointe la longue-vue sur le village, il voit l'église, l'Usine, le presbytère et les maisons, une après l'autre, il murmure : « C'est la maison de Konrad… La maison d'Olav… » Il voit qui a des rideaux aux fenêtres, qui a peint sa maison. Mais il se relève avec le sentiment d'avoir pénétré quelque part où il n'a rien à faire.

Il tend la longue-vue à son père. Martin la

pointe à son tour vers le village, mais il ne tarde pas à regarder dans une autre direction. Hans devine qu'ils sont d'accord, peut-être n'ont-ils pas besoin de cette longue-vue. Ils en emportent une plus petite aux Lofoten, ils ne s'en servent pas non plus car tout ce qu'ils peuvent voir avec l'instrument disparaît aussitôt.

Mais la longue-vue est lourde et solide, un objet industriel d'une marque excellente qui doit valoir beaucoup d'argent. À brûle-pourpoint, Hans est incapable de penser à un objet qui a autant de valeur, le sextant peut-être, ou le compas du bateau d'Erling, un instrument dont il a hérité, lui aussi.

Autre chose ?

Que possède-t-il donc de valeur ?

Il l'emporte à la maison et demande à Maria de l'accompagner dans la Salle Sud. Il place la lunette sur le rebord de la fenêtre et indique à Maria de regarder vers Buøy, l'île de son enfance. Elle s'agenouille sur le lit, regarde et tressaillit. Il lui demande ce qu'elle voit. Elle répond qu'elle n'est pas sûre, elle referme un œil et se concentre. Il s'allonge sur le lit et l'observe. Elle dit qu'elle croit voir des gens. Il voit à l'expression de son visage qu'elle est surprise, comme si elle goûtait quelque chose sans être sûre de savoir si elle aimait ça.

« Je peux voir ? » dit-il.

Il voit les maisons, il peut même les compter, il y en a dix-huit, avec leurs dépendances et leur hangar à bateaux. Un canot amarré devant un ponton est en train de couler lentement, seule la tête du mât est visible, elle apparaît lentement elle aussi. C'est la houle qui la fait disparaître et réapparaître. Il ne voit pas de gens, en revanche il pense apercevoir des brebis, peut-être un cheval, un champ labouré à l'automne.

Maria lui reprend la longue-vue.

Il se recouche avec les bras sous la tête et déclare qu'ils n'ont plus d'argent. Elle retire l'œil de l'oculaire et dévisage Hans. Il répète sa phrase et, cette fois-ci, il ne croise plus le regard de Maria. Elle dit qu'elle le savait, d'un ton qui indique que cela ne la réjouit pas. Ils ne regardent plus avec la longue-vue.

Elle lui demande pourquoi il lui dit cela maintenant. Il répond qu'il n'en sait rien.

« C'est sérieux ? » demande-t-elle. Il ne répond pas. Elle lui demande à quel point c'est sérieux. Il regrette de lui en avoir parlé. Quelque chose passe dans les yeux de Maria. Elle le frappe avec la longue-vue, sur le ventre. Il lui demande si elle a l'intention de le tuer. Elle dit oui et lève la lunette. Il lui attrape les mains, sent monter l'envie de lui arracher ses vêtements et de lui faire revenir le sourire, au milieu de la journée, en plein travail, en plein jour. À la place, il se lève et n'écoute pas ce qu'elle crie après lui, il le sait, il redescend dans la cour où son père et Ingrid le dévisagent.

« Qu'est-ce que vous avez à me regarder comme ça ? »

On croirait que Martin a été pris la main dans

le sac, il se retourne et descend vers le hangar à bateaux, les bras ballants. Hans l'observe, il se demande s'il va le suivre, la longue-vue à la main.

Ingrid demande ce que c'est. Il dit que c'est une longue-vue. Elle lui demande : « Qu'est-ce que *c'est* ? »

« Regarde », dit-il en allant à la passerelle en bois, il s'appuie sur une touffe d'herbe et lui montre. Elle regarde dans l'oculaire et sursaute. Le rire d'Ingrid. Il n'a pas toujours été source de joie. Elle regarde à nouveau, voit les maisons de Stangholmen, et son sourire dure jusqu'à ce que Hans dise que ça suffit et emporte la longue-vue dans le hangar. Hans et son père se dévisagent comme s'ils avaient un compte à régler.

Cela ne dure pas longtemps.

Martin soulève une caisse à poissons remplie de bobines de lignes de fond et d'amorces et va vers le quai. Hans enroule la longue-vue dans la toile huilée et va la reposer sur l'étagère du haut, elle va y rester jusqu'à ce que quelqu'un la retrouve une nouvelle fois et se dise : « Ah oui, c'est la longue-vue… » Il songe vaguement qu'il y a sûrement une raison si l'œil ne voit pas plus loin, ce doit être un avantage tant pour l'œil que pour ce qui est vu. En tout cas, il a oublié ce à quoi il ne veut pas penser, l'argent, l'amarre la plus déprimante qui les relie à la terre ferme.

18

Rien qu'en entendant les bruits dans la cuisine, Ingrid sut que quelque chose clochait. Il manquait un bruit, celui de Barbro.

En outre, la voix de sa mère était trop forte et elle s'arrêta net quand Ingrid descendit l'escalier. Dehors, c'était l'hiver, noir et sans vent. Dans quelques heures, le ciel s'éclaircirait, on entrapercevrait peut-être quelques rayons de soleil rouge au sud, vers midi. Mais Barbro n'était pas là. Elle avait disparu et le canot à quatre avirons également, cela n'avait pas été nécessaire de chercher loin, les traces dans la neige fraîche ne menaient qu'à un endroit, jusqu'au hangar à bateaux, où les deux portes étaient grandes ouvertes. Elle n'avait pas pris la voile, elle avait ramé. Et ils ne voyaient rien sur la mer.

Ils avaient plusieurs bateaux, une grande prame et une petite, ainsi qu'un canot. Mais ils n'en mirent aucun à l'eau.

« Où est Barbro ? demanda Ingrid.

— Elle est partie », répondit sa mère.

La journée passa sans que l'on n'en dise davantage. Même les mains du grand-père n'étaient pas comme d'habitude. Et puis, il était livide. À l'heure du coucher, Ingrid alla dormir dans le lit de son père, comme lorsqu'il était parti aux Lofoten. Maria dit qu'il faudrait donner plus de rameaux de bouleau aux brebis dans les jours à venir, il leur fallait plus de temps pour les avaler, il fallait aussi faire durer la paille, et songer aux vaches et au cheval. Elle dit aussi que l'on pouvait espérer qu'il allait cesser de geler, ils pourraient alors faire descendre les bêtes sur le rivage, il ferait peut-être plus doux, avec de la pluie, et les bêtes pourraient brouter un peu d'herbe de l'année passée.

Ingrid demanda si elle pouvait s'asseoir dans le lit et tricoter.

Maria demanda s'il ne faisait pas trop froid.

Pas si elle avait la couette sur les épaules.

Sa mère lui expliqua et lui montra comment faire, puis elle s'endormit. Ingrid posa alors son tricot et s'endormit à son tour. Elle se réveilla pour découvrir que sa mère dormait encore. Le chat aussi. En voyant la lueur pâle aux vitres, elle comprit qu'elles avaient dormi trop longtemps. Cela n'était jamais arrivé.

Elle se leva et descendit à la cuisine froide, elle mit des copeaux et du petit bois dans le poêle, puis de la tourbe, comme Barbro le lui avait appris, car elle avait la haute main sur le poêle. Désormais, c'était Ingrid. Elle vit que le coffre à tourbe était vide et le tira jusqu'à la remise adossée au mur nord de l'étable. Il faisait froid. Elle chassa la neige avec des petits coups de pied, ouvrit la porte en faisant grincer les gonds, remplit le coffre, sentit qu'il était trop lourd, retira la moitié de son chargement, referma la porte et regagna la maison. Ses mains étaient gelées. Elle les tint au-dessus du poêle jusqu'à ce qu'elles redeviennent rouges avec des picotements. Elle entra dans la chambre de son grand-père et vit qu'il dormait aussi. Elle le secoua. Il se redressa aussitôt, comme s'il émergeait tout droit d'un mauvais rêve.

« Cré bon sang ! » s'exclama-t-il en apercevant la lueur derrière les vitres couvertes de givre. « Qu'est-ce qu'on a dormi ! »

Puis il se recoucha et se rendormit.

Le lendemain, les adultes ne se réveillèrent pas non plus. Comme s'ils étaient devenus paresseux, ou comme s'ils se reposaient après une longue épreuve. Ou comme si Barbro avait été l'horloge de la maison, et qu'elle s'était arrêtée. Mais Ingrid se leva, alluma le feu et alla chercher de la tourbe. Le troisième jour, elle entendit sa mère et son grand-père se disputer dans l'étable où il ne mettait presque jamais les pieds. Il était question du canot, ils étaient furieux après Barbro qui avait pris le meilleur bateau alors qu'il y en avait trois autres.

Mais ce fut autre chose qui aiguisa l'intérêt d'Ingrid, alors qu'elle tendait l'oreille : ils ne semblaient pas surpris que Barbro ait disparu, on peut prévoir même les choses les plus incompréhensibles, et par là les accepter. C'est à ce moment qu'elle sut que Barbro était morte.

Ce soir-là aussi, elle eut le droit de dormir dans le lit de son père et de tricoter. La laine était rêche et sentait la lanoline, elle était couleur rouille et jaune, elle rendait ses doigts souples et forts, elle pouvait les plier en arrière et les faire craquer, et elle le faisait pour contenir ses larmes. Maria lui dit d'arrêter. Puis elle ajouta qu'elle avait vu que le gel allait bientôt cesser, et comme Ingrid était si douée pour le tricot, elle savait aussi mailler des filets, des filets pour la pêche à la morue, n'est-ce pas ?

« Un peu », dit Ingrid. Barbro lui avait appris. Elle avait fabriqué un petit carré avec du fil épais dont ils se servaient pour porter du petit bois, un sac, un filet, elle l'utilisait aussi quand elle ramassait des œufs. « Mais ce n'est pas nécessaire », dit-elle en sentant qu'elle s'échauffait, car ils avaient assez de filet : Barbro n'avait fait que ça tout l'hiver, et elle allait bientôt rentrer.

« Non, dit sa mère. Elle ne va pas rentrer.

— Si, répliqua Ingrid. Elle va venir. »

19

Le froid se fit plus vif, il souffla un fort vent du nord-est, qui le rendit plus vif encore. Ingrid et sa mère passèrent dans la Salle Sud, au-dessus de la chambre de Martin. Il chauffait fort dans son poêle à lui, elles laissaient la trappe du plancher ouverte et la chaleur montait. Quand sa mère dormait, Ingrid entendait aussi dormir son grand-père, comme s'ils étaient dans la même pièce.

Martin ne pouvait pas pêcher à cause du froid. Ils mangèrent du lieu fumé, du hareng salé, des pommes de terre, du pain et des confitures. La réserve de rameaux de bouleau prit fin, mais Martin ne voulait pas sortir ramasser du goémon pour le faire cuire, il faisait trop froid ; ils auraient dû le faire plus tôt, là, c'était trop tard, les bêtes devaient descendre sur le rivage.

Ingrid et Maria les y conduisirent. Mais il se forma des amas de glace autour de leurs pattes qui les faisaient s'agiter, trébucher et rouler sur elles-mêmes, pour finir, elles furent recouvertes d'une armure de glace, elles étaient tellement lourdes qu'elles vacillaient. Ingrid vit que sa mère avait peur. Elles les chassèrent pour les ramener, elles durent en traîner certaines et la glace ne fondit qu'après une journée entière dans l'étable. Pendant ce temps, on leur donna la paille destinée aux vaches ; le goémon que Maria et Ingrid parvinrent à arracher avec un grappin fut rapporté sur un traîneau, et elles le firent cuire. Martin ne les aida pas pour cela non plus, il restait à la maison et pleurait sa fille. Ils donnèrent aussi aux brebis le peu qui leur restait de foie de morue, de lieu fumé trop cuit et tous les restes, elles tenaient à peine sur leurs pattes.

Et puis Martin finit quand même par se lever, il enfila autant d'épaisseurs de vêtements que son corps le lui permettait, il mit à l'eau la plus petite des prames et posa des filets devant le nouveau quai. Mais les filets se muèrent en plaques de glace dès qu'il essaya de les relever. Il fut obligé de les laisser sur place, nuit après nuit, il les vidait autant que faire se peut le jour mais, au bout de deux semaines, ils étaient tellement remplis d'algues et de goémon que les poissons n'y allaient plus ; il ne restait qu'à les laisser là, c'étaient pourtant les derniers filets fabriqués par Barbro.

Mais il leur restait du poisson frais et des galettes, il y avait des foies dans les poissons, et ils avaient des pommes de terre. Cependant, il était essentiel de ne pas descendre à la resserre, pour que le froid et le gel n'y pénètrent pas non plus.

Ils mettaient des pelletées de neige par-dessus et gardaient les pommes de terre dans des caisses à poissons sur le plancher de la grande pièce, des pommes de terre pour une semaine. Ils préparaient des galettes de pommes de terre dans le four de la cuisine, ce qu'ils ne faisaient habituellement qu'à Noël. Cela sentit Noël dans la maison. Et le froid s'installa.

L'hiver précédent, il avait fait si froid que la mer avait gelé autour de l'île. Cette année-là, il fit bien plus froid, car il y avait du vent.

20

Ingrid fut la première à apercevoir le bateau. Elle était à genoux dans la neige humide sur la pointe, près du hangar à bateaux, elle n'avait plus les doigts gelés, même quand elle faisait des boules de neige qu'elle lançait sur les mouettes, lesquelles croyaient que c'était de la nourriture et se précipitaient dessus. Elle avait un seul fichu sur la tête ; d'habitude, quand il faisait très froid, elle en portait trois, avec un foulard sur le visage. Là, elle l'ôta, l'agita et, pour la première fois de l'année, elle sentit le vent dans ses cheveux, l'hiver était terminé.

Ce n'était pas un bateau, mais deux, et le second était remorqué. Dans le premier, il y avait quatre rameurs en noir, accompagnés de trois personnes, le second était vide, c'était le canot à quatre avirons de Barrøy, qui avait disparu avec Barbro.

Ingrid le reconnut aux couleurs du plat-bord et elle courut à la maison pour avertir sa mère. Mais Maria les avait déjà vus et elle descendait,

Martin aussi venait du nouveau quai, et ils étaient donc tous présents au débarcadère quand la protection métallique de la quille du premier bateau toucha la rive.

La femme du pasteur était assise à l'avant avec une autre femme que Maria ne reconnut pas tout de suite. À l'arrière, derrière les rameurs, il y avait Barbro qui portait des vêtements inconnus. Elle se leva, enjamba les avirons, posa la main sur l'épaule de la femme du pasteur, descendit à terre et monta vers les maisons sans dire un mot. Ils restèrent plantés là, ils la regardèrent disparaître à l'intérieur et refermer la porte derrière elle. Ingrid se précipita.

Karen Louise Malmberget dit que Barbro ne voulait plus habiter chez elle, elle avait tout essayé pour la retenir, cependant, cela n'avait pas suffi, Barbro pleurait et voulait regagner Barrøy, mais ils n'avaient pas pu venir plus tôt à cause du vent et du froid.

Puis elle mit soudain les deux mains devant sa bouche en comprenant que Barbro n'était pas partie tranquillement mais qu'elle s'était enfuie, et qu'ils la pensaient disparue. Karen Louise regarda autour d'elle, comme son mari l'avait fait il y avait si longtemps, elle scruta lentement le village d'où elle venait et qu'elle n'avait jamais vu ainsi, et elle déclara :

« Comme c'est joli chez vous. »

C'était une phrase tellement absurde que Martin dit « Bah… » et répliqua par un « Non » très brusque aux rameurs qui lui demandèrent s'il voulait de l'aide pour rentrer le canot. Il alla dans le hangar, prit deux supports, on tira le canot sur les rondins, puis il remonta vers la maison à son tour. Mais c'était une bonne chose, car Maria avait maintenant reconnu l'autre femme, elle s'appelait Elise Havstein, elles étaient allées à l'école ensemble.

Elles se serrèrent la main et sourirent.

Les retrouvailles furent fraîches. De toute évidence, Elise Havstein portait des vêtements qu'elle n'avait pas cousus elle-même, elle était sage-femme, une écharpe blanche autour du cou lui donnait un air de bonne sœur ; Barbro était enceinte et elle allait accoucher au cours de l'été, Karen Louise avait emmené Elise pour que celle-ci se familiarise avec l'île.

Maria ne comprit pas, de tout temps, on avait accouché sans sage-femme sur cette île, comme sur toutes les îles. Mais Karen Louise avait de l'influence et elle affirma que Barbro avait besoin de plus d'aide que les autres, elle le savait, Barbro était différente des autres. Elise Havstein semblait partager son avis, en tout cas, elle acquiesça d'une manière qui rendait toute parole superflue.

La femme du pasteur esquissa une sorte de plan pour l'accouchement, puis elles se serrèrent la main à nouveau, on aida les dames à remonter à bord et les rameurs se remirent aux avirons.

En les observant, Maria se demanda pourquoi elle ne leur avait pas offert le café et à manger, personne ne venait ici sans que l'on lui serve quelque chose.

Elle fit les cent pas sur la rive et réfléchit à la manière dont elle allait annoncer la nouvelle aux autres, à sa fille et à son beau-père. Elle décida de commencer par Ingrid, elle était grande désormais. Et il lui faudrait mettre son mari au courant dès qu'il rentrerait des Lofoten. Mais elle tarda à regagner la maison.

Elle ôta son foulard, suivit le rivage et se dirigea vers le nouveau quai, elle continua vers le sud et entendit les ruisseaux qui avaient commencé à charrier l'hiver de l'île vers la mer. Elle s'assit sur une pierre, se déchaussa et trempa ses pieds dans l'eau, elle attendit qu'ils soient blancs et engourdis, elle les ressortit de la mer et les essuya avec le foulard, ainsi que ses larmes, elle remit ses bas et ses chaussettes et rejoignit la maison, elle entra dans la cuisine où Ingrid était en train de jouer avec les mains de son grand-père qui était assis dans le fauteuil à bascule et regardait fixement Barbro, comme s'il attendait une ultime preuve qu'elle était bien en vie. Barbro ne disait rien. C'était comme si elle n'était pas rentrée et qu'elle ne rentrerait jamais.

Maria s'approcha et posa la main sur son épaule, elle sentait la rose, le lilas et l'ortie, elle remarqua que ses cheveux étaient coupés et coiffés comme chez les dames d'un village ou d'une grande île. Elle se demanda si elle devait lui donner une claque, mais sa main demeura paisiblement sur place. Barbro la prit, elle regarda fixement le plancher avant de la lâcher, elle alla dans le garde-manger pour en ressortir avec la boîte à pain, et elle déclara que ce qui lui avait le plus manqué dans ce satané presbytère, c'était de la vraie nourriture.

21

Comme il ne gelait plus et qu'il soufflait un vent de suroît, avec une pluie battante, la mère et la fille regagnèrent la Salle Nord. Elles pouvaient ainsi parler sans être obligées de jeter un œil à la trappe dans le plancher par laquelle Martin les écoutait, en bas.

Ingrid apprit ce qu'elle savait déjà, Barbro le lui avait annoncé dès le premier jour, elles partageaient ainsi un secret toutes les deux, avant le grand-père. Puis sa mère dit que son père avait craint qu'Ingrid soit comme Barbro à la naissance, cela arrivait dans sa famille, toutes les deux ou trois générations, il y avait un enfant comme Barbro. Mais elle, Maria, à l'instant même où elle était née, elle avait vu qu'Ingrid était comme elle était, c'était son père qui avait peur.

« De quoi ? »

Maria inspira profondément et dit que c'était sur elle qu'elle pouvait compter.

C'étaient de fortes paroles et elles n'étaient accompagnées d'aucune explication, juste quelques phrases fuyantes que Maria avait enfermées en elle si longtemps qu'elles auraient dû y rester.

Ingrid ne put rien dire.

Elles étaient dans une impasse.

Mais à mesure que la soirée avançait, elle comprit que c'était *sur sa mère* qu'elle ne pouvait pas compter, puisque celle-ci avait dit quelque chose qui lui avait fait peur, et qui l'inquiétait encore, même si elle lui avait donné la permission de tricoter, sans couette sur les épaules désormais, car c'était le printemps. Maria lui apprit à tricoter le talon d'une chaussette, comme cela, elle aurait un cadeau de bienvenue pour son père quand il rentrerait des Lofoten.

Ingrid avait sept ans.

Mais cette discussion inachevée revint la hanter. Et elle ne savait toujours pas quoi demander à sa mère qui lui permettrait de l'effacer. Une boule dure s'était coincée quelque part en elle, un point rouge dansait devant ses yeux et la faisait trembler des bras, une bulle éclata quand elle se trouva seule avec Barbro dans l'étable, Barbro qui était revenue d'entre les morts dans les habits d'une autre et avec un enfant dans le ventre qui n'appartenait à personne non plus.

Elle dit que si Ingrid n'arrêtait pas de pleurer elle serait comme elle, c'était comme s'il pleuvait à l'intérieur d'elle-même, le ciré ne servait à rien, on avait toujours de plus en plus peur, mais on pouvait arrêter ça.

Ingrid la dévisagea.

Barbro pelleta le fumier par la trappe dans le mur et elle dit à Ingrid de se ressaisir, ce qui la tracassait était seulement le signe qu'elle commençait à grandir. À l'automne, elle irait à l'école à Havstein avec des enfants des autres îles. Dès lors, tout serait différent, il n'y avait pas à avoir peur, il n'y avait pas de raison d'avoir peur de quoi que ce soit, il y a bien trop d'îles pour cela. Le point rouge disparut dans une nuée de vapeur blanche. Ingrid serra sa tante dans ses bras et ne la lâcha plus jamais.

22

Hans Barrøy n'avait pas été très vaillant à son retour l'année précédente. Cette fois-ci, il était plus fort. Ils avaient également eu du gel dans les Lofoten, mais cela n'avait pas vraiment gêné la pêche à la ligne. En outre, il avait son quai à Barrøy, la barque pontée d'oncle Erling pouvait désormais y être amarrée pendant plus d'une journée, avec des embossures. Ingrid eut le droit de monter à bord même si elle était une fille et on lui montra la timonerie, la cabine et la cuisine, c'était une maison flottante qui naviguait sous le nom de Barrøy.

L'équipage descendit à terre et on lui donna à manger. Oncle Erling était dans la grande salle avec son frère et son père, ils burent de l'eau-de-vie et du café sur une nappe blanche, mangèrent des galettes tout en riant, très fort, comme ils ne l'avaient pas fait au cours des quatre mois passés ; par la porte ouverte de la cuisine, Maria entendit son mari s'enquérir des dernières nouvelles et son beau-père répondre qu'ils avaient eu un froid terrible avec du gel, mais qu'il l'avait supporté, même s'ils avaient failli perdre les brebis quand les femmes les avaient fait descendre sur la rive pour brouter des algues.

Maria avait la cafetière à la main.

Elle la posa, s'approcha de la patère près de la porte où était accroché le bonnet rouge de son beau-père, le saisit et l'enfourna dans le poêle.

Elle entra dans la pièce, servit le café et dit ce qu'elle venait de faire, plus personne ne portait de bonnet rouge, il était vieux et sale. De plus, dorénavant, son beau-père devrait se laver au moins une fois par semaine, dans le baquet de l'étable, car il était un cochon. Et il y avait encore une chose : six des nouveaux filets de Barbro, avec les flotteurs et les lignes, étaient encore mouillés au sud du quai des Suédois où ils formaient un mur noirâtre, et Erling devrait faire attention quand il ferait route au sud, il lui faudrait contourner Moltholmen.

Ils la dévisagèrent.

Ah oui, une dernière chose : dans un bon mois, elle irait à Mo i Rana et elle y passerait l'été.

« À Mo i Rana ? »

Martin dit certains mots qu'Ingrid n'aurait pas dû entendre, elle qui était encore assise sur les genoux de son père. Hans échangea un regard avec son frère. Erling acquiesça. Hans posa sa fille et passa à la cuisine.

De la grande pièce, on aurait dit une conversation normale. La porte de la maison claqua. Ingrid se leva et, par la fenêtre, elle vit ses parents marcher côte à côte dans les prés marron à ce moment du printemps. Ils discutaient. Son père enlaçait sa mère, elle avait la tête posée sur son épaule, ils marchèrent main dans la main, se lâchèrent la main, sa mère croisa les bras, son père enfonça les mains dans les poches, ils s'arrêtèrent, parlèrent, repartirent et disparurent. Ingrid n'avait rien vu d'étrange, elle n'avait rien vu qu'elle ne comprenait pas, elle avait vu quelque chose qu'elle n'oublierait jamais.

À partir de ce jour, Martin commença à se laver, dans l'étable. En ce qui concernait les filets, il dit que le froid et le gel avaient été tellement diaboliques qu'il n'avait pas été question de les relever, puis qu'il les avait oubliés. Il sortit avec la prame, coupa l'extrémité de la ligne car il n'arrivait pas à dégager le grappin, et le cheval tira tout le bataclan à terre. Le gros tas puant resta là tout l'été, il cessa d'empester en hiver et commença à se transformer en terre, un amas de terre rond au milieu des rochers lisses sur lequel il devait pousser de l'angélique, de l'oseille et des gants-de-bergère. Ce tas de terre avait l'air étrange, comme s'il y avait besoin d'une raison à sa présence, ou d'une explication. On finit par lui donner un nom, l'Œil du Gel, et c'est Ingrid qui le trouva.

Ce que Maria avait dit le jour du retour arriva, à l'exception de l'été à Mo i Rana, qui ne fut plus jamais mentionné. Il y avait des mots qui n'auraient pas dû être prononcés. Ils ne s'oublient pas de sitôt, tout comme ce que Maria avait dit à Ingrid au sujet de la maladie et de son père, ou ce que Barbro avait dit à propos de la pluie intérieure, de l'école et des autres enfants qui étaient comme elle, et qu'il n'y avait pas à avoir peur de grandir.

Barbro accoucha pendant l'été dans de telles souffrances que Martin et Hans durent se tenir à l'écart de la maison pendant une journée entière. Ce fut Maria qui accueillit l'enfant. Elise Havstein arriva huit jours trop tard, on lui donna du café et des biscuits dans la cuisine tandis que les rameurs eurent droit à des galettes avec du beurre et de la mélasse, devant la ferme. Il faisait beau ce jour-là. Ils eurent aussi du lait. Elise, la sage-femme, resta longtemps. Elle examina le garçon, qui était blanc et rond comme une boule de saindoux et qui hurlait quand il ne tétait pas Barbro, laquelle avait arrêté de travailler et s'était assise dans le fauteuil à bascule de Martin. Barbro chantait et allaitait. Elise Havstein avait une fille de l'âge d'Ingrid qui s'appelait Nelly et qui allait aussi commencer l'école à l'automne, elles allaient certainement être amies. Elise Havstein resta si longtemps que les montagnes sur la terre ferme avaient viré au bleu avant que les pales étincelantes des avirons ne disparaissent à l'horizon, au nord. Le garçon reçut le nom de Lars, comme le Suédois Lars Klemet, qui était venu là avec ses camarades à cause d'une guerre, et qui avait construit un quai avant de disparaître.

23

Ils récoltent la tourbe. Il faut le faire entre les semailles et les moissons, en juin, pour qu'elle puisse sécher longtemps. Ils utilisent de vieilles lames de faux auxquelles Hans a fixé une poignée en bois. Seul Hans coupe la tourbe avec une bêche dont il a aiguisé le fer, elle est tranchante comme une faux. C'est aussi pourquoi il est le seul à se tenir debout pendant le travail. Les autres sont à genoux dans la tourbière. Même Barbro. Son bébé dort sur une peau de mouton posée dans l'herbe à côté d'elle.

Les briques de tourbe ressemblent à de gros livres épais, noirs et humides, il faut les laisser une semaine sur la bruyère jusqu'à ce que se forme une croûte, et que Hans et Martin puissent les disposer en cercle, puis construire une tour circulaire de la hauteur d'un homme avec d'innombrables petites ouvertures, comme des meurtrières, avant de jeter le reste des briques en vrac dans le cylindre, pour le remplir à partir du milieu de la tour et lui donner un toit arrondi. Ce toit rond ne ressemble pas à un toit normal, d'église ou de maison, mais pas la moindre goutte d'eau ne peut y pénétrer, et le vent coule comme des milliers de ruisseaux secs par les ouvertures de la tour et emporte l'humidité de l'autre côté.

Une tour de tourbe correctement construite n'est pas seulement belle, comme une chose faite de la main de l'homme, qui captive le regard, c'est un chef-d'œuvre. Tandis qu'une tour de tourbe assemblée de manière bâclée est une tragédie qui se révèle au pire moment, en janvier, quand les gens se fraient un chemin dans la neige jusqu'à elle avec leurs corbeilles sur le dos pour découvrir que la tourbe est gelée et dure comme la pierre. On peut l'attaquer à la masse et à la hache. À la dynamite. Et ramasser les morceaux à des kilomètres à la ronde et les faire dégeler près du poêle, pour s'apercevoir que l'on n'a pas de combustible mais une boue grasse et molle qui ne sert strictement à rien. En outre, il faut effectuer une longue traversée jusqu'à l'Usine et acheter ce dont on devrait disposer gratuitement dans sa tourbière. On ne pourrait pas être plus bête.

Ingrid est la seule à ne pas couper la tourbe, elle est trop petite, elle retourne les briques et les met sur la tranche comme des dominos inclinés, pour que le vent passe entre elles et les fasse sécher, ce vent de terre qui souffle sur l'île depuis des jours, et qui mollit soudain.

Ils s'en aperçoivent tous en même temps.

Ils s'arrêtent dans leur ouvrage, lèvent la tête, se dévisagent et tendent l'oreille.

Soudain, on n'entend même plus de cris d'oiseaux. Plus de sifflement dans l'herbe, plus de bruissement d'insecte. La mer est lisse, le clapot entre les rochers du rivage cesse, il n'y a pas un bruit entre les horizons, comme s'ils étaient à l'intérieur.

Un tel silence arrive très rarement.

Et ce qu'il y a de plus particulier encore, c'est qu'il se produise sur une île. Sur une île, le silence est plus brutal que celui qui peut s'abattre sur la forêt, sans prévenir. La forêt est souvent silencieuse. Sur une île, il y a si rarement du silence que les gens s'arrêtent net, regardent autour d'eux et se demandent ce qui se passe. Le silence les étonne. Il est mystérieux, presque chargé d'espoirs, c'est un étranger sans visage vêtu d'un manteau noir qui arpente l'île à pas feutrés. Sa durée varie selon les saisons, le silence peut durer longtemps dans le gel de l'hiver, comme lorsqu'il y avait de la glace autour de l'île, mais celui de l'été est toujours comme une petite pause entre un souffle de vent et un autre, entre le flot et le jusant, ou pendant ce miracle qu'est l'instant où l'homme cesse d'inspirer avant d'expirer.

Et puis soudain, une mouette pousse à nouveau un cri, une nouvelle rafale de vent surgit de nulle part et le nouveau-né se réveille et crie sur sa peau de mouton. Ils reprennent alors leurs outils et recommencent à travailler comme si de rien n'était. Car c'est précisément ce qui s'est passé : rien. On parle de calme avant la tempête, on dit que ce calme est un avertissement, un signe précurseur, il peut signifier quelque chose dont on ne saisira la portée qu'après avoir longuement cherché dans la Bible. Mais le silence sur une île n'est rien. Personne n'en parle, nul ne s'en souvient, tellement il marque les esprits. C'est l'infime aperçu de la mort tant qu'ils sont encore en vie.

24

Hans Barrøy rentra des Lofoten avec de nouveaux outils ce printemps-là. Ils furent rangés dans la remise où les Suédois avaient été logés. Deux des couchettes furent enlevées et transformées en un établi, avec un étau qu'il avait également rapporté. Martin observa les nouveaux rabots, vilebrequins, forets, serre-joints et les trois lames de scie, ainsi qu'un niveau qui pouvait également servir à contrôler l'aplomb.

« Tout ça, ça a dû coûter cher, hein ? »

Hans ne répondit pas.

Il avait aussi rapporté des baguettes de pin, dorées comme de la mélasse, elles avaient été déchargées avec son équipement. Puis il secoua des charnières en laiton sous le nez de son père et lui demanda si son bonnet d'idiot lui manquait.

Martin passa la main sur son crâne dénudé et voulut piquer une colère. Mais, une fois de plus, il venait d'oublier des filets dans la mer, alors il sortit avec le canot, ramena les filets à terre et passa le reste de la journée à les nettoyer et à les disposer sur le séchoir à poissons derrière le hangar, on aurait dit une lessive que le monde entier devait contempler et admirer.

Trois jours plus tard, ils furent réveillés par un vacarme infernal dans la cuisine. Ingrid descendit et vit que la fenêtre du mur ouest avait été arrachée et qu'une nouvelle était en cours d'installation. Son père enfonçait des coins, mesurait et clouait, puis il installa des nouvelles garnitures à l'intérieur et à l'extérieur, et un rebord de fenêtre. C'était une fenêtre à battants. Une fenêtre avec deux carreaux, qui pouvait s'ouvrir.

À l'extérieur, il vissa deux crochets puis posa une fixation pour chacun dans le mur, afin que les fenêtres ne claquent pas au vent quand elles étaient ouvertes. Cela aurait déjà dû être fait du temps de Martin, comme tant d'autres choses, car ils n'avaient pas de four à pain sur Barrøy, ils le faisaient dans la cuisine et il fallait garder la porte ouverte pour que la fumée s'échappe, ce qu'elle ne faisait pas. Désormais, ils pourraient ouvrir les fenêtres à la place. Elles restèrent ouvertes quasiment tout l'été, même quand il pleuvait légèrement car, comme tout ce qui était nouveau, il fallait que ça serve tout le temps. Puis ils les fermèrent. Mais on pouvait toujours les ouvrir, par exemple quand, quelques mois plus tard, Maria appelait les gens dans les carrés de pommes de terre pour leur dire que le repas était prêt.

« Allez vous laver les pognes. »

Le deuxième changement était plus grand encore. Il s'agissait du nouveau quai, auquel il manquait une vraie maison. Au mois d'août, les matériaux furent livrés par le bateau de l'Usine et empilés sous une vieille voile, à l'intérieur de l'île. Maria compta ce que ça avait coûté, mais elle ne dit rien, comme toujours, elle évitait de dire quoi que ce soit.

Et Hans fit comme s'il n'avait rien entendu.

Avec son père, ils travaillèrent pendant un mois, ils fabriquaient les fermes de la charpente sur le sol et les hissaient une à une avec un palan, puis ils commencèrent à poser les planches extérieures au début de septembre. Ils discutèrent pour savoir par quel mur ils allaient commencer et ils se mirent d'accord sur le mur sud-ouest, celui qui encaissait la majeure partie des intempéries et du vent, afin d'être à l'abri quand ils poseraient les planches du reste de la maison. Martin remarqua qu'il était associé à cette décision.

Le matin où ils devaient commencer par le premier pignon, le vent se leva. Hans regarda le ciel et considéra qu'il n'y avait plus rien à faire.

Ils rentrèrent et, de la nouvelle fenêtre de la cuisine, ils virent la tempête détruire leur construction comme si c'étaient des allumettes, et les emporter au nord dans le fjord. La tempête se calma au cours de la nuit. Le lendemain matin, ils mirent le canot à l'eau et récupérèrent ce qu'ils purent. Ils allèrent sur des îlots et des récifs, ils parlèrent à Thomas sur Stangholmen qui avait observé la scène avec sa longue-vue et était sorti pour récupérer une partie du bois qui avait dérivé. Ils trouvèrent presque tout.

Le lendemain, ils se mirent à poser des poutres d'assise au même endroit. Mais, cette fois-ci, ils les fixèrent mieux au sol. Début octobre, la nouvelle charpente était en place. Une semaine plus tard, le mur sud-ouest était recouvert pour la deuxième fois. Il eut droit à plus d'étais que nécessaire. Les autres murs aussi. La première neige tomba à la fin du mois. Ils avaient posé les planches extérieures des quatre murs et ils étaient en train de poser des lattes sur le toit.

Cependant, un après-midi, le ciel se fit étrange, et quand le ciel est non seulement noir mais aussi étrange et bas, et difficile à cerner, c'est un signe en soi, un signe du pire. Ils passèrent l'heure qui suivit à arrimer le chantier avec tout ce qu'ils purent trouver comme cordages et amarres. Peu après la tombée de la nuit, le premier coup de tonnerre s'abattit sur l'île.

À ce moment-là, ils avaient regagné la maison.

Et cette fois-ci, ils ne furent pas les témoins du ravage. Cela se produisit au plus profond de la nuit. Mais ils en entendirent les bruits. Cette tempête fut également plus vigoureuse, et il s'écoula presque deux jours avant qu'ils ne puissent sortir en bateau pour chercher les morceaux de la charpente. Ils en trouvèrent bien moins. Après trois jours de recherche, Hans considéra qu'ils avaient récupéré environ soixante pour cent de la maison, mais une grande partie du bois était tellement abîmée qu'il n'était plus bon qu'à servir pour le chauffage.

Le lendemain, ils reposèrent des poutres d'assise, mais cette fois-ci, la maison fut tournée de quatre-vingt-dix degrés, avec les mansardes au nord et au sud, et un mur principal orienté vers le quai à l'ouest. Ils se dirent que cela aurait l'air bizarre. Mais, ici, ce n'était pas eux qui décidaient. Quand le gel pointa au début de décembre, la charpente avec les fermes se dressait pour la troisième fois, un bon demi-mètre moins haut que prévu à l'origine. Il est vrai qu'ils avaient épuisé le bois de construction. Ils utilisèrent ce qui leur restait pour des étais, ils lièrent les lattes jusqu'à en faire un énorme cadeau de Noël et ils rentrèrent pour de bon ; désormais, l'hiver déciderait, si le chantier était encore debout au printemps, ils pourraient alors poser les planches extérieures.

Le jour suivant fut tout aussi paisible.

Ils étaient dans la cuisine et regardaient dans le matin clair, le nouvel ouvrage posé sur le rocher ne ressemblait plus à un cadeau de Noël, mais à un bloc de glace, dans toutes les directions, la mer était noire et lisse comme de la colle sous un ciel sans étoiles.

Hans se leva et passa dans la salle à manger où se trouvait l'almanach, il lut que c'était le jour de la Sainte-Barbro, le 4 décembre. Il fut obligé de sourire, ressortit de la pièce et ouvrit la fenêtre, il regarda dehors, une nouvelle fois, il régnait presque le silence. Permanent et total, un murmure de paix qui peut faire croire qu'il va durer éternellement. Après avoir échangé quelques mots avec son père, ils s'habillèrent et descendirent au hangar à bateaux, ils mirent à l'eau le canot à quatre avirons, y attachèrent la grande prame et ils allèrent à l'Usine. Là, ils chargèrent la prame de tous les matériaux disponibles, ils achetèrent douze kilos de clous, une boîte de café et vingt kilos de farine, ils repartirent vers l'île et, l'après-midi même, ils se mirent à couvrir le mur sud. Ils terminèrent peu après minuit.

Ils dormirent quelques heures et accueillirent le bateau de transport le lendemain matin, qui apportait du bois de construction supplémentaire. Ils couvrirent un autre mur au cours de la journée et de la soirée, ils mangèrent sur le chantier ce que Maria et Barbro leur apportèrent. Ils travaillèrent également la nuit. Une journée plus tard, tous les murs étaient couverts. La vieille fenêtre de la cuisine fut placée dans le mur nord, deux grandes portes s'ouvraient sur le quai et le mur opposé fut garni d'une porte étroite qui donnait sur le vieux hangar des Lofoten. On aurait dit que les deux maisons bâillaient l'une vers l'autre. Ils pouvaient commencer le toit.

Cela leur prit deux jours.

Maria et Barbro apportaient à manger au chantier, ou elles restaient en bas à tendre les matériaux. Pour le faîte, ils placèrent deux larges planches. Puis deux de plus. Ensuite, ils clouèrent des lattes et se posa la question de la couverture. Hans déclara que ce serait des ardoises, il en avait vu sur de nombreuses maisons aux Lofoten, et sur le continent, il en achèterait pendant l'hiver et les rapporterait avec la barque pontée d'Erling.

Martin n'aimait pas l'idée des ardoises, elles claquaient au vent comme les pages d'un livre sans reliure et disparaissaient dans la mer. Son fils ne voulut rien entendre. Il se mit à creuser des trous dans la roche pour deux filins qui seraient tendus à chaque corniche avec des ridoirs. La maison ressemblait au gréement d'un bateau. C'était la seule maison de l'île à avoir des étais. Ils ne savaient pas encore si c'était un progrès ou un recul, l'hiver trancherait.

Mais le temps se maintint entre Noël et le Nouvel An, et jusqu'à l'arrivée d'oncle Erling. Tout le monde regarda Hans porter à bord son équipement. Cette fois-ci, Martin aida avec les amarres. Barbro avait son garçon dans les bras, le petit Lars qui frétillait et riait. Ingrid remarqua que ce n'était plus triste de voir partir son père. Au pire, c'était mélancolique. Ils firent des signes de la main, rentrèrent à la maison et se colletèrent avec la solitude.

25

Ingrid a commencé l'école. C'est sa mère qui l'emmène en bateau le premier jour. À Havstein. Elles rient beaucoup en chemin. Maria lui raconte des choses de sa scolarité, on dirait qu'elle la regrette. Ingrid lui demande si elle a été un enfant, elle aussi. Maria éclate de rire, elle dit « Oui » et, soudain, elle a l'air d'être au croisement entre le secret et l'interrogation. Puis, d'un ton sérieux, elle dit qu'elle n'avait pas un père aussi bon que celui d'Ingrid. Ingrid lui demande s'il était méchant. Maria répond « Non ». Ingrid ne trouve pas d'autres questions à poser, et Maria n'a plus rien à raconter.

Elles aperçoivent une volée de macareux et Maria demande à Ingrid de compter les couleurs sur leurs becs. Ingrid dit que c'est ennuyeux, elle l'a déjà fait. Elle rame un peu, elle aussi. Car c'est loin. Puis elle s'assied sur le banc de nage avant et sent le dos de sa mère contre le sien pendant que Havstein sort de l'eau avec une bande de terre et de nombreuses maisons. L'une d'elles est blanche. L'école itinérante a lieu dans la grande salle de la ferme principale de Havstein, avec un professeur et quinze élèves, dont huit nouveaux. Ils viennent chacun de leur île, certains sont plus grands que les autres, mais ils sont tous jeunes.

Ils dormiront dans le grenier du bâtiment pendant deux semaines, puis ils seront chez eux pendant deux semaines, pendant que le professeur Olai Christoffer Christoffersen fait la classe sur une autre île. Après avoir appris aux nouveaux à lever la main et à demander la permission de parler avant de prendre la parole, il pose sa première question : savent-ils nager ?

Les nouveaux se dévisagent d'un air interrogateur, les élèves plus expérimentés baissent le nez sur leur pupitre. Ingrid lève la main et dit que sa mère sait nager.

« Vous aussi, vous allez apprendre, dès aujourd'hui », dit Maître Olai avec un accent étrange ; car ce sont des îliens et, pour un îlien, il est aussi important de savoir nager que de savoir naviguer, ramer et prier. Il ordonne aux nouveaux d'aller dans la cour et de se mettre sur deux files.

Ils obéissent et marchent jusqu'à une crique de l'autre côté de l'île, avec une plage de sable blanc semblable à celle qu'a Ingrid chez elle sur Barrøy. Mais celle-ci forme presque un cercle complet, avec beaucoup de terrain, si bien qu'elle est au sec à marée basse, et le soleil peut réchauffer le sable, lequel chauffe l'eau à son tour quand la marée monte. Il y a un rocher à pic le long de la rive est, comme si une rue avait été creusée dans la montagne. Maître Olai s'y place avec une longue perche en bambou, plus longue même que la gaffe dont se sert le père d'Ingrid pour ramener à bord des poissons en vrac, et il ordonne aux enfants d'aller dans l'eau, en sous-vêtements.

C'est froid, et pourtant chaud pour la mer. À tour de rôle, ils s'accrochent au bout de la perche tandis que Maître Olai marche sur le rocher en leur disant des choses qu'ils ne comprennent pas, il les guide dans l'eau comme des poissons blancs et frétillants. Ils barbotent avec leurs pieds et ils se font gronder jusqu'à ce qu'ils fassent comme il faut. Puis ils restent avec de l'eau jusqu'au cou et apprennent les mouvements des bras, puis ils doivent mettre la tête sous l'eau, encore et encore, et celui qui ne plonge pas reçoit un coup de perche ; ils apprennent ainsi à retenir leur respiration, ce qui est un art en soi.

Au bout d'un moment, ils doivent se jeter en avant et faire les mouvements des bras et des jambes qu'ils ont appris, et maintenant qu'ils maîtrisent leur souffle, peu importe s'ils ont la tête sous l'eau. Maître Olai regarde sa montre, le soleil et la marée, et ils ne ressortent pas de l'eau tant qu'ils n'ont pas les lèvres bleuies et les dents qui claquent.

« C'était un bon début », dit-il.

Ils retournent au bâtiment dans leurs sous-vêtements mouillés, ils entrent par-derrière pour que personne ne les voie, ils montent au grenier où ils vont dormir, les garçons au grenier nord et les filles au grenier sud, ils y trouvent une série de cordes tendues où ils doivent accrocher leurs sous-vêtements mouillés et enfiler les autres, le change qu'on leur a demandé d'apporter.

Trois jours plus tard, ils savent tous nager et il y a une course. Elle a lieu sous une averse torrentielle ; ils doivent traverser la crique et saisir la perche en bambou qui flotte comme un serpent jaune, accrochée à deux bouts de cordes sous le rocher, là où se trouve Maître Olai, qui constate que la gagnante est Nelly Elise. C'est la fille de la sage-femme. Or il est impossible qu'une fille gagne la course, et Maître Olai décide qu'elle savait déjà nager. En outre Nelly bégaie, et elle ne proteste pas. Elle ne veut rien dire en classe, même si Maître Olai le lui enjoint sans cesse, et il finit par abandonner. Nelly est forte.

Pas Ingrid. Elle se réjouit d'être avec les autres, elle n'a pas du tout peur, elle est joyeuse, tout simplement, et elle rit tout le temps. Mais ce n'est pas permis. Il est interdit de rire en classe, et ce pour trois raisons que Maître Olai énumère à l'aide de ses doigts longs et fins : cela dérange la classe, c'est contagieux et on a l'air bête.

Il est également interdit de rire pendant les repas.

Ingrid ne comprend pas. Ne pas pouvoir rire quand on en a envie, c'est comme être privé d'une jambe.

Mais la vie est un enfer et, *ça*, elle le découvre bien, et elle cesse de rire ; à la place, elle se met à pleurer. Chaque nuit. Elle dort dans le même lit que Nelly, qui ne parle toujours pas, Barrøy lui manque, elle a des flammes intenses dans la poitrine. Le point rouge revient. Elle se lève, va courir sous la pluie, à moitié nue, elle fait le tour de la maison, descend au port, elle remonte et file jusqu'à la crique où ils ont appris à nager. Sans croiser personne. Puis elle rentre, Havstein aussi est une île, peu importe que l'on sache nager ou ramer. Elle regagne le grenier, ôte ses vêtements trempés, les met à sécher sur la corde, elle en enfile des secs et se recouche à côté de Nelly, elle se met à pleurer, puis Nelly ouvre la bouche et lui dit d'arrêter. Elle dit aussi :

« Tu-tu-tu as de beaux che-che-cheveux. »

Elle lui demande si elle peut lui brosser les cheveux et lui faire des nattes. Ingrid le lui permet. Cette nuit-là, et les suivantes. Cela va sans dire. Lorsque Maria revient la chercher la semaine suivante, elle dit la même chose :

« Comme tu as de beaux cheveux. » Comme si elle s'en rendait compte pour la première fois. Sur le chemin du retour, elle dit également :

« Comme tu es sérieuse. »

Ingrid ne raconte pas grand-chose de ses deux premières semaines en enfer, elle ne dit pas qu'elle a pleuré, qu'elle a vomi, qu'elle a eu le feu au ventre et qu'elle s'est évanouie deux fois. Au lieu de cela, elle dit qu'elle a appris à nager, que les portes ont des trous de serrure, qu'il y a des pièces où l'on n'a pas le droit d'entrer, qu'elle a découvert les chiffres et les lettres, qu'elle s'est vue dans un grand miroir accroché dans le salon de la maison un jour où la porte n'était pas fermée à clef.

Maria l'observe longuement, comme si elle cherchait quelque chose.

C'est Nelly qui a appris à Ingrid à se taire, car ce qu'il y a d'étonnant quand on parle, c'est que cela peut être bon ou mauvais. Là, elle a quatorze jours sans école. C'est à ce moment que son père et son grand-père construisent la première maison du nouveau quai. Jour après jour, elle les aide, elle leur tend les clous et le niveau à bulle que son père a rapporté des Lofoten, l'instrument qui veille à ce que soit d'aplomb ce qui doit être d'aplomb, et à l'horizontale ce qui doit être à l'horizontale.

26

Martin dit qu'il y a une raison si le Rocher du Cheval s'appelle le Rocher du Cheval, et que l'Îlot du Taureau est entouré par des eaux sales. Ces noms d'animaux sont des avertissements, des signes qui doivent masquer le vrai nom de l'îlot et sa vraie nature, ce sont des signaux du Diable, le Malin. Ils ont aussi un Rocher du Bouc et un Îlot du Bélier. Pour les mêmes raisons. Des ongulés. Des quadrupèdes. Par exemple, avoir un cheval à bord d'un bateau va à l'encontre de tous les instincts, et ça ne se fait que par extrême nécessité, lors d'un transport. Pense un peu quel enfer c'était d'amener le taureau jusqu'ici ; ou quand il faut déplacer les vaches, c'est jamais un boulot facile, il y a franchement quelque chose qui ne va pas avec cette opération, on le *sent*, dans ses tripes.

Hans en a assez de ces sornettes, il dit que ce sont des radotages de vieillard et de la superstition, au contraire de la foi fondée sur Dieu qui règne sur le destin, le temps et le poisson, comme tout un chacun peut le voir. La superstition, en revanche, elle repose sur l'idiotie.

Mais Hans réfléchit davantage depuis que sa fille a commencé l'école, la vieille inquiétude est de retour, à cause du silence qu'elle a adopté et du sérieux déconcertant qui a envahi ses yeux. Ainsi, pendant qu'ils font la pause, assis sur un tas de planches, son regard se pose sur le cheval qui broute là-bas, dans le Jardin des Roses, et il demande à son père si ce n'est pas le moment, s'ils ont vraiment besoin de cet animal, un cheval ?

Il est enfermé huit mois de l'année et mange une fois et demie ce que mange une vache, il tire la faucheuse, la charrue et les charretées de foin, mais en règle générale ils portent la tourbe eux-mêmes, alors le cheval n'est-il pas simplement une chose à laquelle ils se sont accoutumés, comme une mauvaise habitude, comme un boulet ?

Et puis, il est vieux, très vieux.

Martin s'aperçoit que, par une sorte d'aveu, son fils arrive à un compromis avec lui, il avait critiqué cet investissement, et il déclare que le cheval était un bon achat, même s'il était arrivé par bateau, c'est vrai d'ailleurs, comment auraient-ils pu le faire venir ici autrement… Il laisse en suspens la suite du raisonnement pour que Hans tire la conclusion lui-même.

Il va prendre le fusil dans le hangar des Lofoten, ils conduisent le cheval à la tourbière, à l'ouest – on ne montre pas aux femmes que l'on tue un cheval –, ils l'abattent et l'enterrent sur place, comme un bélier. Ça leur prend le reste de la journée et une partie du lendemain. Ils ne s'interrompent pas, ils pestent contre cette maudite bête, s'épongent le front et retournent à leur chantier. Ils ont déjà commencé à couvrir le mur sud-ouest et ils se réjouissent à l'idée de le terminer, afin d'être à l'abri pour le reste du travail.

Mais Hans Barrøy sent toujours poindre une inquiétude quand il regarde sa fille ou quand il contemple l'île et note que tout n'est pas comme avant. À tous les moments de la journée, il sait où se trouvent les animaux, chacun d'eux, car il y a des aigles et des pentes escarpées ; désormais, il se surprend à se redresser, à chercher le cheval absent, avant de se rappeler qu'il est mort et de reprendre son travail.

Cela se répète.

Il s'interroge sur la force de l'habitude et se demande s'il regrette d'avoir abattu cette bête, quand il voit le ciel qui s'agite. C'est la Première Tempête ; d'un instant à l'autre, elle va démolir le chantier.

Il ne reste plus qu'à recommencer.

Après cette tempête qui détruit le nouveau chantier, Hans Barrøy se met à lire la Bible. Il l'emporte aux Lofoten et la feuillette les jours fériés et les jours où ils ne peuvent pas sortir à cause du mauvais temps. Quand, au mois d'avril, ils redirigent la barque vers le sud avec le drapeau en haut du mât pour signaler à tous ceux qui attendent qu'ils rentrent tous sains et saufs, il voit comme un signe heureux que la charpente de la nouvelle maison se dresse encore près de la montagne, intacte, telle qu'il l'a laissée dans la nuit d'hiver, il y a quatre mois, elle a juste pris une teinte un peu plus grise. Dans la cale, il y a une pile d'ardoises avec lesquelles il va bientôt couvrir le toit.

Il ne tire aucune conclusion hasardeuse sur le fait que le chantier téméraire a survécu, mais cela le remplit d'un soulagement colossal ; en prime, sa fille est sur le quai avec un petit bambin à la main, elle désigne le drapeau sur le mât et dit quelque chose à l'oreille du garçon. Il voit qu'Ingrid arbore à nouveau son sourire d'avant, sourire qui lui coupe presque le souffle, même si elle n'est pas un fils. Cette année, il rapporte aussi des cadeaux des Lofoten, ce qu'il n'avait pas fait l'année précédente – il avait des outils et de quoi fabriquer la fenêtre, il avait d'autres choses en tête.

Il y a même un cadeau pour Martin, un rasoir avec un manche en ivoire. Les autres reçoivent du tissu pour des robes et du sucre, Ingrid a droit à une boîte à musique et à un livre intitulé *Le Samaritain et l'Âne.* Lars ne reçoit rien.

Ingrid reçoit également un miroir. C'est la troisième fois qu'elle se voit dans un miroir. La première, c'était à Havstein, l'année passée. Ensuite, alors qu'elle n'avait pas la permission de le prendre, elle a eu le droit de jouer avec le miroir que sa mère a dans son coffre, un jour où elle est rentrée de l'école avec des taches rouges devant les yeux et où elle ne voulait plus manger.

Désormais, elle peut se regarder dans un miroir autant qu'elle veut.

Elle tend le miroir à Lars qui ne comprend rien. Elle le tend devant le chat et son grand-père ; son père lui montre que lorsqu'elle écrit face au miroir, sa main droite devient la gauche et les lettres sont illisibles, elle est inversée, comme s'il était possible d'être un autre en même temps que soi-même.

Elle va le cacher dans le coffre qu'elle a dans sa chambre.

Toutes les femmes ont un coffre, elles en ont eu avant même d'avoir des sièges. Un nom est gravé sur le couvercle du coffre d'Ingrid, Petrine, et une date. Petrine était la grand-mère maternelle de Hans. Mais c'est Maria qui veille à ce que le contenu soit convenable. Quand ce n'est pas le cas, il arrive qu'elle en retire quelque chose.

« Tu n'as pas besoin de ça », dit-elle alors, à propos d'un fichu par exemple, ou d'une tasse ou d'une nappe, et elle lui donne un objet de son propre coffre. Ingrid en héritera, un jour. Se pose donc la question de la nécessité de transférer quelque chose d'un coffre à l'autre. Oui, c'est nécessaire. Il s'agit de temps et d'âges différents, il s'agit de deux familles qui vont se fondre pour n'en faire plus qu'une seule. Le coffre d'Ingrid est à peu près équilibré, Ingrid et Maria sont presque d'accord à ce sujet.

Quand Hans fait le tour de l'île avec Maria et qu'il contemple l'ensemble, il ne dit pas qu'il a beaucoup pensé au cheval cet hiver, mais il déclare qu'il est peut-être devenu un peu plus pieux. Il dit aussi que c'est bon d'être rentré à la maison, et il y a une expression pour ça : être attaché à son chez-soi. Ce n'est pas nécessairement un signe positif pour un homme, et Maria dit qu'il n'est pas plus pieux ni plus attaché à son chez-soi, il est simplement plus vieux, et il a quelques cheveux gris sur les tempes.

Il ressent un soulagement étonnant qui n'a rien à voir avec la chose, et il remarque que quelques cheveux gris ont également fait leur apparition sur la tête de Maria. Mais lorsqu'ils montent la dernière côte vers les maisons, il se surprend une fois encore à noter qu'il manque quelque chose, une bête, un cheval.

Il s'arrête et demande combien d'agneaux ils ont eus au printemps et il entend Maria les compter et les désigner. Il s'approche d'eux, les compte, il entend les noms qu'ils leur ont donnés et il sait que, dorénavant, plus rien ne sera comme avant. Une année a passé, elle ne reviendra pas, et si seulement il demandait à Maria comment va vraiment Ingrid, elle répondrait comme elle le fait toujours, comme s'il était incapable de se fier à ses propres yeux.

27

Lars n'avait guère plus de sept mois quand il s'agrippa aux filets de Barbro et se hissa sur ses jambes ; debout, il oscilla avant de retomber en arrière et de se cogner la tête sur le sol. Cela se répéta. Une semaine plus tard, il se tenait à un filet pour les morues et regardait autour de lui dans la cuisine. Lars adorait se tenir debout.

Ingrid tassait de la neige autour de lui à hauteur de sa taille, pour qu'il puisse également se tenir debout à l'extérieur, et agiter les bras. Il avait les cheveux blonds, presque jaune beurre, mais des yeux marron et des joues rouges et rondes. À huit mois à peine, il pouvait se lever sans aide au milieu de la cuisine, il marchait, tombait, se relevait, se tenait debout, il allait chercher quelque chose dans le garde-manger, et même s'il ne parlait guère, il comprenait ce qu'ils disaient, il savait la différence entre une tasse, une cuillère et une petite boîte.

Quand la neige disparut du sol, il pouvait marcher de la maison jusqu'à l'étable, et jusqu'à la tour de tourbe la plus éloignée. En mars, il y eut du verglas. Il plut, il gela, il y eut encore plus de verglas, un manteau de glace recouvrit l'île et ils furent obligés de mettre des crampons. Ingrid tirait le garçon sur un traîneau sur les prés les plus plats, elle ficha des hameçons dans une vieille paire de chaussures en poil de chèvre pour qu'il ait des crampons lui aussi, c'était comme s'il réapprenait à marcher.

Début avril, il disparut une première fois, puis une autre, chaque fois ils le trouvèrent à Kvitsanda, où il était en train de creuser avec un bâton. À la période de l'agnelage, ils furent obligés de l'attacher devant la maison. Mais quand Ingrid rentrait de l'école, elle le surveillait du lever au coucher. Sinon, il était avec son grand-père dans le hangar à bateaux, il jouait avec des flotteurs et des lignes, ou il était assis sur un baquet de lignes de pêche à manger un bout de pain sec. La veille du retour de Hans des Lofoten, Martin trempa la main du petit garçon dans un seau de goudron et lui fit apposer deux empreintes sur le mur du hangar, deux petites mains droites qui ressemblaient à des têtes de lièvre, et qui n'allaient jamais disparaître.

Le goudron ne disparut pas non plus de sa main, ainsi, le jour où ils allèrent au culte au village, le dimanche de Pentecôte, Barbro la frotta si fort qu'elle en devint rouge sang et il fallut la dissimuler dans une moufle. Lars marcha de lui-même du bateau jusqu'à l'église. Ensuite, ils se mirent d'accord avec le pasteur Johannes Malmberget pour que le garçon soit baptisé le premier dimanche d'août, même s'ils admirent qu'il n'avait pas de père.

« Nous avons tous un père, dit Johannes Malmberget. Nous sommes les enfants de la nature. »

En fait, ces paroles sont des mensonges destinés à réconforter, car chacun vient de deux horizons, et Lars était d'une part le fils d'un étranger et d'autre part celui de Barbro, il y avait donc un double soupçon qui pesait sur ses épaules. Mais aussi certaines attentes et certains espoirs. Les soupçons et les attentes diminuèrent à mesure qu'il grandit au cours de cette année, ils ne ressurgissaient que quand il cassait quelque chose ou réalisait un exploit, ce qu'il ne fit guère.

Là, il courut du cimetière jusqu'à la rive, il s'arrêta et contempla son grand-père qui les avait précédés. Ce dernier s'était assis sur un des bancs de nage du bateau et il cachait son visage entre ses mains. Le vieil homme entendit le gamin barboter dans l'eau, mais ne bougea pas.

Les autres arrivèrent et le découvrirent dans cette position repliée sur lui-même. Comme Lars s'était avancé au point d'avoir de l'eau jusqu'à la taille, ils comprirent que quelque chose clochait.

Maria demanda ce qui se passait.

Martin dit entre ses doigts que c'était la dernière fois qu'il mettait les pieds à l'église. On lui demanda pourquoi. Il ne répondit pas. Mais quand on lui demanda si c'était à cause de la tombe de Kaja, il acquiesça et ajouta qu'il n'avait plus la force de lire l'inscription sur sa pierre tombale, on n'aurait jamais dû laisser inscrire ce verset, le pasteur avait raison, il fallait le faire effacer.

Maria le traita d'imbécile et lui ordonna de bouger. Le reste de la famille monta à bord et on emmitoufla Lars dans une couverture. Sur le chemin du retour, Ingrid demanda ce qui n'allait pas avec la tombe de la grand-mère, sans obtenir de réponse. Elle reposa sa question. Maria lui demanda pourquoi elle insistait à vouloir fouiner ainsi. Ingrid n'abandonna pas. Maria dit qu'elle ne savait pas, elle n'avait pas connu sa belle-mère, elle n'avait qu'à interroger son père. Ingrid posa la question à son père. Il sourit et dit que c'était un beau verset, que sa grand-mère savait ce qu'elle faisait. Ingrid acquiesça, son regard alla de sa mère à son grand-père, assis à l'avant du bateau, qui leur tournait le dos et regardait fixement ses mains.

Quand ils abordèrent près du hangar, Martin s'emporta et demanda à quoi bon ça leur servait, cet énorme quai, là-bas, alors qu'ils n'avaient que deux canots et deux prames.

Maria secoua la tête.

Hans ne dit rien. Barbro souleva Lars et le chatouilla. Martin monta vers les maisons et Ingrid sentit qu'elle avait pitié de lui. C'était un sentiment tout à fait nouveau. Elle ignorait complètement d'où il pouvait bien venir. Le lendemain, il avait disparu. Mais il ressurgit à des instants qui étaient emplis d'autre chose. Et elle le reconnut, ce sentiment qui était apparu lorsqu'ils étaient rentrés du cimetière, elle se rappelait les coups d'aviron, les visages. Mais elle ne s'y habitua jamais, et elle n'en parla jamais à personne.

28

Ingrid est assise dans la grande salle de la ferme de Havstein, elle a le pupitre sur ses genoux serrés, une craie à la main, elle regarde par la fenêtre le soleil de février, si bas qu'il va bientôt disparaître de la vitre grossière. Elle a fini d'écrire. Elle sait que chaque mot est correctement orthographié. Elle sent la chaleur du poêle, elle sait que ses moufles sont accrochées avec celles des autres, que ses bottes sont rangées avec celles des autres, que son manteau est accroché dans le couloir avec ceux des autres. Elle est une des autres. Elle vient d'une île, les autres viennent d'autres îles. Ils sont ensemble. Elle ne rit plus quand il ne le faut pas, ses cheveux sont tressés. Elle dévisage Maître Olai jusqu'à ce qu'il sente son regard et lève les yeux vers elle.

Mais il ne dit rien. Ils attendent. Ils attendent les autres, qui sont encore en train d'écrire. Puis il demande en murmurant, par-dessus trois têtes penchées, si elle a terminé. Ingrid acquiesce. Il fait un signe de tête à son tour et se remet à écrire dans le registre tandis que le regard d'Ingrid s'en retourne vers la fenêtre, où le soleil est en train de quitter la vitre et laisse un triangle noir sur le plancher récuré au sable, telle la voile d'un bateau qui dérive dans la pièce et emporte le jour avec lui ; Gabriel va bientôt apporter les lampes, Gabriel est une fée muette et la personne la plus âgée de la maison. On est samedi et Ingrid va rentrer chez elle.

Mais, pour la première fois, elle n'a pas la nostalgie de chez elle.

Elle écarte le pupitre, se lève sans demander la permission et dépose l'ardoise sur la table de Maître Olai ; elle voit l'expression de stupéfaction sur son visage, pourtant, elle lui tourne le dos, prend ses vêtements et ses bottes, elle emporte son petit sac et sort de la pièce, toujours sans demander la permission, et sans lui adresser un regard.

Elle passe dans le couloir, s'habille et file dans le froid dix minutes avant la fin de la classe – elle a regardé la grosse pendule murale –, elle descend vers le port où son grand-père est en train de discuter avec deux messieurs aussi vieux que lui. Ils éclatent de rire pour une raison qu'elle ne connaît pas. C'est la première fois que la maison ne lui manque pas. C'est la première fois qu'elle n'a pas peur. Elle a neuf ans. Elle remarque que son grand-père n'est pas le même quand il est en compagnie d'inconnus. Il est différent quand il est avec les siens. Elle se dit qu'elle aussi.

Elle se place face à lui avec un sourire. Il lui

rend son sourire. Il pose une grosse main sur ses joues. Il la laisse retomber et reprend sa discussion avec les deux messieurs, comme si de rien n'était ; Ingrid monte dans le canot, elle s'assied sur le banc de nage du milieu, et elle attend. Martin ne vient pas, il parle.

Ingrid se lève, elle détache les amarres, se saisit des avirons et commence à ramer, elle est loin dans le port quand son grand-père s'en aperçoit et se met à courir sur le quai en hurlant. Il agite les bras, il lui crie de revenir le chercher. Mais elle ne le fait pas. Ingrid rame. Il n'y a pas de vent, c'est une mer d'huile, les îlots sont blancs avec des bandes noires, la mer est verte. Elle donne des coups d'aviron longs et puissants, comme sa mère, elle est à mi-chemin quand un bateau inconnu avec deux rameurs la rattrape, son grand-père saute à bord du canot, il ne sait pas s'il doit l'enguirlander ou rire, elle le voit à la tête du vieil homme qu'elle connaît mieux que n'importe qui. Il lui dit qu'elle va bien se débrouiller pour ramer toute seule jusqu'à la maison, parce que, lui, il va s'asseoir à l'avant et fumer.

29

Quand Barbro a grandi sur Barrøy, les filles n'avaient pas de chaise. Elles mangeaient debout. De toutes les femmes de la maison, seule Kaja était assise, et encore, cela avait commencé seulement après la naissance de son premier fils. À la mort de Kaja, Barbro voulut avoir sa chaise. Mais Hans désirait la donner à Maria, qu'il venait juste d'épouser. Peu après, Erling se maria lui aussi, et il partit pour une île plus riche. Barbro et Maria eurent donc leur chaise à peu près en même temps. Et quand Ingrid eut trois ans, son père lui fabriqua également une chaise, avec des accoudoirs sur lesquels on pouvait poser une planche. Elle pourrait s'asseoir sur celle-ci, avec les pieds sur l'assise, jusqu'à ce qu'elle soit assez grande pour que l'on puisse retirer la planche.

Ce fut la fin d'une époque.

On ne discuta plus de la chose. Il n'est pas aisé de dire si ce fut la demande de Barbro ou une idée que Hans rapporta des Lofoten qui fit que les femmes eurent elles aussi la possibilité de s'asseoir. Cela fut mis en place, tout comme les gens trouvent soudain un nouveau chemin à travers les broussailles, l'apprécient et l'empruntent si souvent qu'il devient un sentier, ce qui, au fond, n'est qu'un autre mot pour décrire une habitude.

Mais Barbro se souvenait ce que c'était de ne pas avoir de chaise si bien que, le jour où elle eut la sienne, elle l'emporta partout avec elle, au hangar à bateaux, à la remise, et même dans les prés ; elle s'asseyait dessus et observait les animaux, le ciel, les pies huîtrières sur la rive. Un meuble à l'extérieur. C'est faire du ciel un toit et de l'horizon le mur d'une maison qui s'appelle le monde. Personne n'avait jamais fait cela. Ils ne parvinrent jamais à s'y habituer.

Ils furent donc obligés de fabriquer une chaise de plus, pour Lars. Hans l'assembla à l'établi de la remise des Suédois. Barbro le surveilla. Elle apporta du café et à manger. Il essaya de la chasser.

Cependant, elle restait juste dehors, elle attendait, mais elle ne pouvait pas rester ainsi sous la pluie, et il lui disait d'entrer, de balayer les copeaux et de ranger les outils dont il n'avait plus besoin.

Ce fut la plus belle chaise de l'île. Comme celle d'Ingrid, avec des accoudoirs où on pouvait poser une planche, mais avec des motifs découpés dans le haut du dossier qui ressemblaient aux pétales d'une fleur qu'ils n'avaient jamais vue. Elle avait aussi un trou ovale dans l'assise par lequel Lars pouvait faire ses besoins, dans un pot placé au-dessous ; c'était à la fois une chaise et des toilettes, jusqu'à ce qu'il soit assez grand pour aller aux cabinets de tout le monde, qui se trouvaient adossés à l'étable.

30

Il arrive qu'ils aient des visiteurs des autres îles. On leur sert le café et à manger, on parle vite, on se coupe la parole car les mots s'accumulent chez les îliens et, un beau jour, il faut bien qu'ils sortent. Quand ils se sont vidés, ils rentrent chez eux et entassent de nouvelles phrases. Toutefois, on ne voit jamais d'inconnus venir à l'improviste.

Mais qu'est-ce que c'est que ça ?

Cela commence par une ombre grise qui se détache des vagues scintillantes à l'est et qui, peu à peu, devient un bateau. Hans est le premier à le voir : pas de voiles, un seul homme à bord, et il est encore si loin qu'ils ont tout le temps de l'observer avant son arrivée. Pour commencer, il ne connaît pas les parages, cela ne fait aucun doute, et ce n'est pas un as avec les avirons, alors il viendrait de l'intérieur des terres ?

Pourtant, il y a quelque chose de déterminé dans ses gestes, comme s'il voulait précisément venir ici, à Barrøy, et ils sont obligés de se demander s'il a entendu parler d'eux, qui lui a donné l'idée de venir par ici, ou peut-être les connaît-il, peut-être est-il un parent éloigné ?

Mais ils n'ont ni connaissances ni parents sur le continent.

Peut-être veut-il leur vendre quelque chose. Cela ne s'est jamais produit, mais on ne saurait l'exclure. Ou peut-être a-t-il un message à leur transmettre.

Pourtant, d'habitude, c'est Thomas, de Stangholmen, qui s'en charge, ou l'un des employés de l'Usine. Et, dans ce cas, de quoi s'agirait-il, viendrait-on les prévenir d'un décès ?

Il passe en revue ceux qui pourraient être morts parmi ses proches et il en conclut que personne n'enverrait un étranger. Mais il y a peut-être d'autres raisons pour les prévenir ?

Mais quoi, par exemple ?

Puis il reconnaît le bateau, c'est le canot d'Adolf, de Malvika, là-bas, sous la montagne, et Adolf ne prête pas ses bateaux, surtout pas à des gens qui ne savent pas ramer et qui ne savent pas où ils sont. En autres termes, c'est une vague d'incertitude qui se lève avec l'inconnu qui arrive, encore plus quand ils découvrent son air terrifiant, debout dans l'embarcation qui se balance, avec ses longs cheveux noirs, sa barbe noire et ses yeux qui ne regardent pas dans la même direction.

Leur première réaction, c'est de le rejeter à la mer. Mais ils sont polis et curieux, et ils n'en font rien, ils le regardent débarquer, ils l'entendent parler haut et fort avec un accent et dans un patois qu'ils ne connaissent pas. Ils comprennent qu'il a fui quelque chose, il dit qu'il a fui la prison et qu'ils doivent avoir pitié de lui.

« Je vois que vous êtes des gens simples et que vous n'avez pas l'habitude de gens comme moi ; je pourrais me croire tout permis ici, mais je ne le ferai pas, je vais accepter votre hospitalité… »

Cela rassure Hans de voir que l'homme semble instruit. Il a une voix sérieuse, peut-être parce que le silence ajouté à son apparence de brute aurait été bien pire. Hans fait un signe de tête apaisant au reste de la famille, puis s'adresse à l'étranger :

« Tu peux pas rester ici. »

Tout bascule à cet instant.

« J'ai dit que je vais rester ici », répond-il en moquant l'accent de Hans, il ricane, jette un sac à dos sur son épaule, il descend du bateau sans l'amarrer, se dirige vers les maisons et les laisse plantés là, spectateurs incrédules de l'invasion de leur propre royaume.

Martin s'avance dans l'eau et se saisit de l'amarre. Ils tirent le canot à terre, se dévisagent, ils le font tourner pour que le flanc peint soit visible de la mer, pour que l'on voie le canot d'Adolf à terre, à un endroit où il n'a pas sa place, ce sera un signal, un appel de détresse auquel ils ne croient pas eux-mêmes.

Ils suivent les pas d'un forçat, tous les regards sont tournés vers Hans et il le sent ; à l'instant où l'inconnu entre dans la maison comme s'il habitait là, Hans sait ce qu'il a à faire, il doit tuer cet homme.

Ils s'attroupent devant la porte, comme s'ils hésitaient, puis Hans entre en premier, suivi par Maria, Ingrid et Barbro avec Lars dans ses bras, même s'il a quatre ans, il s'agite et veut descendre par terre.

Martin reste dehors, il regarde par la fenêtre à battants et voit la famille alignée contre les murs, comme des mendiants dans leur propre cuisine, alors que l'intrus s'est installé à la place de Hans et les contemple l'un après l'autre, comme s'il réfléchissait aux ordres qu'il va donner à ses domestiques.

« T'es qui, toi ? » demande-t-il à Ingrid, sans que l'on sache s'il se moque d'eux ou non. Ingrid lâche sa mère et s'approche pour dire son nom. L'inconnu acquiesce, mais ne semble rien trouver d'intéressant à lui demander, à la place, il pose son regard sur Barbro et répète sa question. Barbro ne répond pas.

« Vous avez rien à manger ? »

Ils comprennent les paroles mais ils restent immobiles comme s'ils ne savaient pas où se trouvaient les choses, la porte du garde-manger, le poêle, le tuyau de poêle, le moulin à café et les pots de sel, de sucre… Les seaux sur l'étagère à côté de l'évier que Hans a rapporté des Lofoten au printemps, on croirait qu'ils ne les ont jamais vus, et l'intrus ne donne pas simplement l'impression d'être chez lui, mais il semble se plaire chez lui. Il répète « À manger », ils sursautent, et Ingrid va jusqu'à demander ce qu'il veut.

Il répond d'une voix très forte, comme s'ils étaient sourds :

« Vous devez bien avoir du pain, et du beurre, et de la viande… J'ai vu des vaches, là-bas, et des veaux… »

Maria ouvre la porte du garde-manger. L'inconnu crie quelque chose après elle. Elle s'arrête, regarde par-dessus son épaule. À cet instant, Hans n'en peut plus. Il abandonne ses trois femmes et son neveu, il sort sans prêter la moindre attention aux paroles que lui crie le nouveau propriétaire, mais elles résonnent à ses oreilles :

« Mais où est-ce que tu vas, bordel ? »

Hans descend aux carrés de pommes de terre, là où ils se sont arrêtés de travailler quand le bateau est apparu, et il s'assied en tournant le dos à la maison.

Ingrid le voit de la fenêtre. Le grand-père le suit et s'assied à côté de lui. Ils parlent. Il a commencé à pleuvoir. Barbro s'assied dans le fauteuil à bascule avec le garçon bien trop grand sur ses genoux, elle dévisage l'inconnu, qui l'imite en la singeant, Barbro se balance, elle pince Lars pour qu'il se tienne tranquille, et on dirait que l'inconnu va exploser quand Maria pose à manger sur la table. Ingrid ne peut plus rester sur place, elle non plus.

Elle contemple ses mains, noires de terre, mais elle n'arrive pas à sortir sans demander la permission. Et elle n'interroge pas sa mère, mais l'inconnu, à qui l'on a donné du pain, du beurre et du poisson froid. Elle lui demande si elle peut sortir.

Il lui dit qu'elle peut faire ce qu'elle veut.

Elle fait une révérence, va aux carrés de pommes de terre et se place devant son père qui est agenouillé face aux rangs et qui balance des pommes de terre dans une caisse, ce qu'il ne fait jamais. Hans Barrøy n'est pas un homme à se mettre à genoux, ce sont les femmes qui ramassent les pommes de terre et qui les portent à la maison. On dirait qu'il est en train de prier. Ingrid reste plantée devant lui, il lui demande ce qu'elle regarde.

Il répète sa question.

Derrière lui, elle voit le grand-père, les mains sur les genoux. Il secoue la tête. Son père se redresse et lève la main, comme s'il avait l'intention de la frapper. Elle n'éprouve aucune crainte. Il baisse la main, jette un coup d'œil à son père qui vient se mettre à côté de lui.

Ils échangent quelques mots. Ingrid cligne des yeux.

Épaule contre épaule, ils quittent le Jardin d'Éden, ils vont vers le quai et disparaissent à l'intérieur du hangar des Lofoten, Hans en ressort avec le fusil-harpon avec lequel il tire les marsouins, le grand-père avec un manche de masse, ils retournent à la maison et y entrent.

Ingrid veut les arrêter mais ne parvient pas à prononcer un mot, elle court derrière eux, se met à la fenêtre de la cuisine, elle regarde par la vitre trempée par la pluie, sans rien voir. Elle va sous l'auvent au moment où la porte s'ouvre, l'étranger sort à reculons, soudain, il paraît plus petit.

Il est d'abord suivi par son père, l'arme à l'épaule, le sac à la main, il le lui jette. Puis vient Barbro avec Lars dans ses bras, et le grand-père, qui rate la marche, tombe en avant et frappe l'étranger avec le manche de l'outil, et l'inconnu tombe à son tour en poussant un grand cri.

Ingrid voit son père qui porte le fusil à l'épaule et ferme un œil. Maria pose la main sur son bras. Le grand-père se relève. L'étranger a du sang sur le visage, il jure, et puis, soudain, ils découvrent quelque chose avec les vêtements de l'homme, il est bien habillé, il porte un costume coûteux, une veste avec des boutons étincelants, un pantalon avec un pli, une chaîne en or qui pend de la poche, c'est un homme riche qui file vers le sud à travers les prés avec toute une suite après lui.

Arrivés au bateau, ils se dévisagent.

L'homme passe la main sur sa figure et hausse les épaules. Ils l'observent traîner le bateau, Hans a toujours le fusil pointé sur lui. Ils le voient monter à bord, prendre les avirons et ramer de cette manière si inefficace qui l'a amené ici, il va d'abord en direction de Malvika et de la montagne, c'est de là qu'il est venu, puis vers le nord, puis vers l'est, vers l'Usine. Il disparaît dans un grain, réapparaît et redisparaît pour de bon dans la pluie qui redouble.

Ils sont trempés. Ils ne savent rien sur lui, ils ignorent son nom, d'où il vient et où il va. Ils savent seulement qu'il est venu. Ingrid regarde son père qui ne lui rend pas son regard, mais qui rentre à la ferme en donnant le bras à Maria, le fusil au creux de l'autre bras, Martin fait de grands gestes avec le manche de masse, Barbro pose enfin Lars qui peut courir comme il en a l'habitude.

La nuit suivante, Ingrid se réveille, il vient des bateaux de tous les coins, il ne sert à rien de se détourner, il ne sert à rien de regarder dans une autre direction, il ne sert à rien de fermer les yeux, d'oublier, de courir, car ses pieds bougent aussi peu que ses paupières.

Elle va dans la chambre de ses parents, elle réveille Maria, elle voit à la mine de sa mère que celle-ci veut qu'elle s'en aille. Mais elle change d'avis et se lève, elle l'accompagne dans sa chambre et se couche à côté d'elle, mère et fille, et Ingrid demande si l'homme va revenir.

« Non », dit sa mère.

Elle avait dit la même chose quand Barbro avait disparu.

Le lendemain, Ingrid voit son père dans le carré de pommes de terre, il regarde autour de lui, comme s'il scrutait un bateau, comme s'il cherchait un cheval, et il dit qu'il regrette de ne pas avoir tué ce salaud, que c'était idiot de l'avoir laissé filer dans un bateau qui n'était pas à lui, le canot d'Adolf, et elle ne comprend pas pourquoi ils ne l'ont pas fait. Rien n'a disparu de l'île, rien n'a été volé ou détruit. Pourtant, l'étranger leur a volé une des choses les plus importantes et qu'ils ne retrouveront jamais. Ingrid pense que c'est lié à la manière dont ils ont réagi, à savoir qui a quitté la cuisine parce que c'était insupportable et qui est resté. Ingrid est une enfant sentimentale.

31

Hans Barrøy marche sur un clou et se blesse à un orteil, qui s'infecte. Il boite de plus en plus au fur et à mesure que les jours passent et il doit aller à l'hôpital en ville pour être amputé. Quand il rentre, il marche avec une canne, on ne lui a pas amputé un orteil mais deux, parce qu'il est venu trop tard. Maria déclare qu'il ne peut plus aller aux Lofoten.

« Et de quoi on va vivre, alors ?

— Tu peux pas prendre la mer avec une *canne* », dit-elle.

Oncle Erling est d'accord quand il arrive avec la barque de pêche, juste après le Nouvel An. Il dit que Hans doit confier son matériel à un membre de l'équipage cet hiver, il aura droit à une demi-part pour la peine, alors qu'il restera chez lui et pêchera autour de son île. Avec une *canne*, ha, ha.

Hans approuve et donne la moitié de son matériel, il est sur le quai neuf avec sa famille et regarde la barque disparaître sans lui pour la première fois en quinze ans.

Cela se passe le matin du 3 janvier.

Ceux qui doivent aller à l'étable vont à l'étable, pendant que Hans reste planté là et regarde autour de lui. C'est une situation étrange, et il n'y a rien à voir. L'horizon est quelque part, là-bas, le continent est quelque part par ici. Il peut entendre la mer. Et c'est tout. Il va ramasser ce qu'il trouve de bois et se met à fabriquer des bancs pour la nouvelle remise. Ils sont terminés deux jours plus tard. Deux bancs. Il dit alors à Barbro qu'il veut lui apprendre à amorcer les lignes de fond.

« Mais je sais amorcer, dit Barbro.

— C'est vrai, mais tu dois aussi ranger. Et démêler les lignes. »

Et ça, Barbro ne sait pas le faire. Barbro aime mettre des morceaux de hareng sur les hameçons, et enrouler convenablement les lignes dans le baquet, mais quand elles sont emmêlées, elle ne fait qu'aggraver l'enchevêtrement. En revanche, Ingrid le fait très bien, quand elle n'est pas à l'école. Maria aussi, quand elle n'est pas à l'étable ou en train de préparer à manger.

Ce fut un hiver curieux, un hiver sans sentiment de vide, de solitude et de gravité. Le plus bel hiver dans la vie d'Ingrid, un vrai été. Même le temps fut comme il le fallait. Hans et Martin se levaient de grand matin, comme pour les foins, ils plaçaient quatre baquets de lignes dans le bras de mer entre Barrøy et Havstein, et en pleine mer quand le temps le permettait. Ils posaient aussi des filets.

Toujours plus de filets.

Dès la mi-janvier, ils construisent le premier séchoir à poissons. Ils n'en avaient pas eu sur Barrøy, sauf pour faire sécher les filets. Là, ils en édifièrent un, puis un deuxième. À la fin mars, ils en avaient trois, tous situés à l'ouest, sur les hauteurs. Ils firent sécher douze tonnes de poisson au cours de ces mois-là, et ce n'est pas mal pour deux hommes et deux femmes et demie dans leur exploitation, en fin de compte, cela représente presque trois tonnes de poisson séché. Ils restaient à terre quand il faisait mauvais, et c'était Maria qui décidait ce qu'était le mauvais temps. Ils s'en sortaient si bien qu'ils restaient à la maison dès qu'il y avait le moindre coup de vent.

Hans regretta à nouveau de s'être débarrassé du cheval, car il fallait porter le poisson jusqu'aux séchoirs.

Il y réfléchit scrupuleusement. Le compte n'y était toujours pas en prenant en considération tout le fourrage qu'il consommait. La famille portait le poisson dans des caisses attachées sur le dos, Lars tirait des prises derrière lui dans la neige, deux par deux. C'était un travail monstrueux. Mais bon sang, le séchoir ne peut-il pas être placé juste derrière la remise, là où ils nettoient et filètent le poisson ? Non, ce n'est pas possible, un séchoir doit se dresser sur une roche nue, sans herbe ni tourbière qui apportent des gaz, des mouches et la dévastation aux poissons.

Hans allait aussi travailler dans l'étable. Un *homme* dans l'étable.

Martin n'avait jamais entendu pareille folie.

Et Ingrid commença à avoir la nostalgie de la maison quand elle était sur les bancs de l'école à Havstein, à apprendre le calcul, l'histoire sainte et les cantiques, alors même qu'elle s'était fait des amis qui lui manquaient quand elle était à la maison. Et, au cours de cet hiver-là, il lui apparut avec la plus grande clarté que c'était à Barrøy qu'elle était chez elle, une île qui n'avait plus de saisons, une île sur laquelle elle n'avait plus besoin de se trouver tout le temps pour qu'elle ne disparaisse pas.

Mais si l'hiver se révéla différent, il en alla de même pour l'été. Au début de mai, oncle Erling revint avec les lignes de fond très abîmées, la saison avait été mauvaise, là-bas, dans le Nord. Pourtant, le prix qu'ils obtinrent à l'Usine pour leur propre poisson séché fut médiocre, car la pêche avait été bonne dans les îles, c'est ce que déclara Tommesen, le directeur.

« Mais vous n'aviez qu'à aller à Åsværet pour voir un peu ce que vous auriez pris. »

Et puis, ce n'était pas du premier choix. Tommesen considérait qu'il y avait trop de deuxième choix.

Alors, cet été-là, il n'y eut pas de nouvelles constructions sur Barrøy. Mais au cours du mois de juin, Hans et Martin raclèrent la tourbe de la montagne au sud et ils déplacèrent un des séchoirs, comme cela, ils avaient moins long à porter, et les autres commencèrent à se demander ce que cela voulait dire. Est-ce que Hans avait l'intention de rester à la maison l'hiver suivant, et de ne plus bouger de son île, comme eux ?

D'ailleurs, est-ce que c'était possible ?

Hans et Maria considèrent que c'est possible, ils sont des gens libres, ils sont forts, et ils sont ensemble.

Mais, désormais, Hans n'a plus de matériel à confier à son frère quand ce dernier va pêcher au nord, il a besoin du reste des lignes de fond pour lui-même. En outre, ils ont du mal à trouver des appâts, des harengs, des petits colins, et au mois de janvier, ils pêchent plus au filet qu'avec les lignes, même en pleine mer. Mais, soudain, le temps est quasiment impossible. Une grande partie des filets confectionnés par Barbro sont perdus. Elle en maille de nouveaux à toute allure. Ils sont perdus également. En février, la tempête démolit un des séchoirs plein de poissons. Il leur faut le nettoyer et tout raccrocher, Hans se réveille de plus en plus souvent, il descend à la cuisine pour vérifier le temps qu'il fait, il allume le poêle, il fait le tour de l'île en pensant à son café, il inspecte les bateaux et les séchoirs, poussé par la même inquiétude que l'intrus a laissée derrière lui, et par cette colère étrange. S'il l'avait tué, il ne serait jamais revenu. Il ne l'aperçoit jamais, mais il ne disparaît pas non plus, et Hans se demande si d'autres monstres lui hanteraient l'esprit s'il avait fait ce qu'il aurait dû, le supprimer.

Ces pensées ne peuvent être atténuées que par un labeur épuisant. En ce moment, il a les deux.

Puis vinrent le gel et le calme plat, et ils firent de bonnes prises dans les semaines avant Pâques. Cette année se révéla être sans printemps, une de ces années où le printemps surgit au cours d'un après-midi du début juin ; jusque-là, ce n'est que glace et neige fondante, suivies par une pluie froide et battante qui semble plus meurtrière que nourricière sur les plantes, les bêtes et les hommes.

Cela dura si longtemps que Hans Barrøy commença à se demander si son île n'était pas devenue trop petite, s'il n'avait pas fait une expérience fascinante au cours de ces deux hivers et si son sort n'était pas tracé. Voyons les choses en face, résuma-t-il, d'abord un bon hiver avec une *bonne* raison de rester à la maison, puis un hiver misérable, avec le confort pur et dur. Par-dessus le marché, il faudra bien un an pour rattraper toute cette misère, car il n'avait plus ni filets ni lignes. Et tout cela à cause d'un orteil. De deux orteils. En tout cas, il n'était plus autant attaché à son chez-soi.

On construisit une ligne de chemin de fer à l'intérieur des terres, la ligne du Nordland. Ce fut le salut pour bien des pauvres hères. Ce fut aussi le salut de Hans Barrøy. Il était un bon tireur de mine et il avait l'œil pour les secrets de la montagne. Il partit rejoindre le chantier tout de suite après avoir mis les foins à sécher et ne revint qu'à la mi-décembre, efflanqué, raide et insomniaque comme une nuit d'été, mais avec du matériel tout neuf, des lignes, des hameçons et des flotteurs, plus débordant d'envie de rejoindre les Lofoten que jamais.

Il passa les jours de Noël dans la nouvelle remise à préparer son matériel, huit baquets de lignes. Et il avait une nouveauté de plus, puisque Martin était si vieux et Lars encore trop jeune, un treuil qui fut installé à l'intérieur du hangar à bateaux, comme cela, ils avaient de l'aide pour rentrer les bateaux ou pour les mettre à l'eau, il suffisait de tourner la manivelle, comme pour une meule à aiguiser.

Barbro et Maria firent à manger et remplirent un coffre de provisions pour quatre mois, préparèrent des draps, des vêtements… Dans le compartiment du coffre : lunettes, rasoir, gouttes de camphre, crayon à papier, morceaux de sucre… Et, le 2 janvier, ils vinrent une nouvelle fois sur le quai pour dire au revoir à un père, un frère, un mari et un oncle, ils agitèrent la main, ils crièrent dans le vide tandis que les feux arrière de la barque d'oncle Erling dansaient dans la nuit de l'hiver comme pour un enterrement. Puis Barbro, Maria, Ingrid et Lars rentrèrent à la maison et se colletèrent avec la solitude et avec la gravité, tous les quatre. Car Martin était déjà dans sa chambre en ce jour mémorable, il n'était plus que la moitié d'un homme désormais, vieillard décrépit après les deux plus durs hivers de mémoire d'homme. Il allait dormir au cours des mois à venir, dormir profondément, pourvu que son fils reste longtemps aux Lofoten, et qu'il ait la chance avec lui.

32

Martin avait presque cessé de travailler. Autrefois, l'hiver, il allait pêcher autour de l'île à la dandinette et avec quelques filets, désormais, il se contentait d'une sortie par semaine, à la traîne. Là, il prenait Lars avec lui. Lars était tout feu tout flammes. Martin rentrait aussi de la tourbe quand il en avait la force, il allumait les lampes à huile qu'il était le seul à avoir le droit de toucher, il découpait le poisson et disait à Barbro comment elle devait faire ceci ou cela, sans que cela soit nécessaire ou bénéfique. Sinon, il jouait avec le petit Lars, le Suédois, qu'il traitait comme son fils.

Ils rampaient par terre et se battaient. Lars se levait, et il tirait les cheveux du grand-père avec ses mains dures et robustes. Martin trouvait qu'il tirait trop fort et se montrait aussi brutal en retour. Il faisait semblant d'être blessé et de vouloir se venger, le garçon s'enfuyait en éclatant de rire. Le grand-père le poursuivait autour de l'île. Jusqu'à ce qu'il soit fatigué. Et il ne voulait pas jouer quand il dormait. Karnot, le chat, était toujours là, aussi vieux que Martin, et il avait pris l'habitude de dormir sur son ventre. Quand il faisait la sieste, Lars entrait avec une bûche et secouait d'abord le chat, puis son grand-père.

« Non et non, je suis bien trop vieux », disait Martin, puis il se levait pour voir s'il pouvait faire quelque chose. Le plus souvent, il n'y avait rien à faire. Il coupait un peu de petit bois et montrait à Lars comment faire.

Ingrid ne veut plus couper de bois, elle cuit les galettes, les crêpes et le pain, elle sait traire, écrémer, faire du beurre, des gâteaux et de la confiture, elle sait filer, tricoter, ramer et nager. Elle sait à peu près tout faire. Elle sait nettoyer le duvet, préparer les filets, amorcer les lignes – un travail d'homme –, préparer le poisson séché – éventuellement un travail de femme –, ramasser des œufs de mouette, cueillir des baies et récolter les pommes de terre – ce qui, curieusement, est un travail à la fois d'homme et de femme. Mais dans les carrés de pommes de terre comme pour la tourbe, son père est debout tandis que les femmes sont agenouillées. Martin aussi est à genoux. Quand il n'est pas couché sur le dos.

Il n'y a pas sur cette terre d'enfant de douze ans qui sache faire plus de choses qu'Ingrid, c'est une fille de la mer qui ne voit pas les vagues creuses comme un danger ou une menace, mais presque toujours comme un chemin et une solution. Un jour, après le départ de son père pour le chantier, elle dit à Lars qu'ils vont prendre le canot et aller à Stangholmen, chez Thomas et Inga, pour voir s'ils n'auraient pas un peu de tabac pour le grand-père, Martin s'est lamenté pitoyablement ces derniers temps, car il n'a plus ni tabac ni café.

« J'ai de l'argent », dit-elle.

C'est sa mère qui le lui a donné pour avoir nettoyé et salé le poisson qu'ils ont vendu à l'Usine et, depuis, elle l'a conservé dans son coffre.

Ils mettent à l'eau le canot à quatre avirons, c'est facile avec le nouveau treuil, ils hissent la voile, ils en ont hissé la moitié quand Maria les aperçoit et arrive en courant. Ils font comme s'ils ne l'entendaient pas, ils s'échappent grâce au vent favorable et arrivent si près de Stangholmen qu'ils voient les maisons et les rochers.

Mais il n'y a pas de port naturel à Stangholmen, seulement un haut-fond, une rive ; il leur faut naviguer entre des récifs, et au moment où ils contournent le dernier et amènent la voile, Thomas apparaît, et il leur hurle dessus, aussi furieux que Maria :

« Rentrez chez vous ! Vous voyez donc pas *le temps* qui se prépare ! »

Il désigne le ciel, secoue la tête et les enguirlande.

Ils ne font donc pas de courses, ils n'accostent même pas, mais Ingrid ne veut pas rentrer bredouille. Et puis, elle ne voit rien avec un temps pareil, et Lars non plus.

Ils hissent à nouveau la voile, passent entre les îlots en direction de l'Usine, il ne leur reste plus qu'à franchir le bassin du port quand la première bourrasque lui arrache l'écoute des mains et menace de renverser le bateau. Lars crie, il est à deux doigts de passer par-dessus bord. Ingrid ramène la poupe face au vent, elle amène presque toute la voile, se dirige vent arrière vers une tache verte dans la montagne entre l'Usine et l'église, ce n'est pas le cap donné par Ingrid, c'est celui du coup de vent et de la mer qui se creuse de plus en plus, ils prennent l'eau à plein, elle crie à Lars d'aller à l'avant du canot et de sauter à terre avec l'amarre avant qu'ils ne heurtent le rocher, sinon ça va barder pour lui.

Ils ne se fracassent pas contre le rocher mais touchent la tache verte, le canot glisse avec un chuintement mouillé sur un coussin douillet d'herbe et de goémon, et il s'immobilise avec le gouvernail qui ressemble à une porte battant sous les coups de vent.

Ils descendent à terre et tentent de remonter l'embarcation un peu plus haut. Mais il est impossible de la faire bouger et Ingrid sait ce qui va arriver : la mer va se creuser encore plus, la marée va continuer à monter et, lentement et sûrement, le bateau, ce canot si précieux, va être réduit en petit bois.

Et assister à cela, ça lui est insupportable.

Elle traîne Lars derrière elle. Vers l'Usine. Ils sont trempés par la mer et par la pluie mais personne ne les voit pleurer, même quand ils entrent dans la boutique et se plantent devant Margot qui trône derrière le comptoir, l'imposante Margot qui les reconnaît et leur demande ce qu'ils font ici par un temps pareil. Puis elle perd totalement la tête quand elle comprend qu'ils sont seuls.

« On veut du tabac pour le pépé, piaille Lars.

— Quelle sorte de tabac ?

— Pour le pépé, pour le pépé… »

Il n'en peut plus, il a la morve au nez. Ingrid doit cesser de pleurer et l'essuyer. Il se dégage et s'enfuit en courant. Elle le poursuit et le rattrape sur un pré où il s'est arrêté soudain, comme si son corps s'était bloqué, il frissonne et claque des dents.

Elle le ramène avec elle, ils s'asseyent sur la caisse à charbon et n'ont rien à dire. Ni à faire. Ingrid peut recommencer à sangloter. Ils sont à terre mais veulent reprendre la mer. Puis elle note que le vent mollit, elle s'écarte de l'avant-toit et sent que la pluie aussi a diminué, ça se découvre au sud, le ciel est clair.

Ils rentrent dans la boutique et achètent du sucre candi et un seau de mélasse, ils paient et ressortent sans écouter les cris de Margot, ils courent au bateau et le retrouvent au même endroit, intact.

Ils écopent, le tirent avec l'aide des vagues, et ils reprennent les avirons.

Ingrid ne parvient pas à y croire.

Ils rament contre la houle, chacun avec ses avirons, Lars rame d'abord en rythme avec elle, puis de plus en plus à son rythme à lui, il crie quelque chose, elle comprend qu'il compte, il augmente l'allure encore plus, et elle ne parvient plus à le suivre. Ils passent le dernier îlot. Lars a le mal de mer, il vomit et perd un aviron, ils le voient disparaître en un clin d'œil. Ingrid rame. Lars se met à genoux, puis il se recroqueville en position fœtale, couché dans l'eau au fond du canot, les mains sur les oreilles. Ingrid rame, elle a chaud, elle a des tourbillons rouges dans les yeux, des tremblements dans les bras, son dos la brûle, elle rame et, à chaque coup d'aviron, elle attend l'ultime rafale de vent, elle attend le signe que ça ne va pas passer, car ça *ne peut pas* aller, c'est trop loin, la mer est trop creusée, le vent forcit, ça écume autour d'eux, et elle sait qu'ils sont perdus quand le canot est secoué par un choc, il a talonné.

Mais il n'y a pas d'écueil par ici.

Ils ont heurté un autre bateau.

Elle se retourne et voit la grande prame. Maria et Barbro aux avirons, grand-père, debout dans les creux, des visages crispés et livides, des voix sans bruit, grand-père qui pose un pied sur le plat-bord, attend, se redresse, attend et bondit comme un jeune homme dans le canot, lui arrache les avirons des mains, la pousse entre les bancs de nage où elle reste coincée à côté de Lars, elle l'observe, elle le voit planter un des avirons dans la vague suivante, comme un levier, le canot fait un demi-tour sur lui-même, ils ont la mer dans le dos, puis le grand-père s'assied, penché en avant, avec les avirons qui ont l'air de deux ailes noires dressées dans le vent.

33

Quand Ingrid se réveilla, elle était morte. Elle était couchée sur le dos, dans un lit étroit, dans une chambre vide. Elle vit le jour par la fenêtre, du soleil. Mais la couette n'était pas en duvet, elle était lourde comme le plomb, son dos lui faisait mal, ses bras tremblaient, son esprit était endormi.

Elle put se tourner vers la droite et voir une porte peinte en blanc. Une chambre dont le plancher, les murs et le plafond étaient blancs, il y avait un seul lit, où elle était allongée, une fenêtre qu'elle avait contemplée et une porte qu'elle observait. Elle se demandait si elle pouvait s'ouvrir, où elle conduisait, si *elle* pouvait l'ouvrir, quand un bruit résonna au loin dans ce monde tout blanc, un bruit qui était peut-être un rire.

Elle s'appelait Ingrid. Elle avait douze ans, ses cheveux étaient secs et brossés, mais pas tressés, ils étaient étalés comme une couronne autour de sa tête. Elle retint son souffle. Expira et ferma les yeux. Les rouvrit. Soleil à la fenêtre. Pas de vent, pas un bruit, au loin, des voix, un rire.

Elle écarta la lourde couette et s'assit. Elle put bouger ses membres, elle put se tenir sur des jambes flageolantes, regarder par la fenêtre pour voir un pré carré qui avait été brouté totalement et qui ressemblait plutôt à une feuille verte posée sur une table marron. Il y avait plusieurs personnes. Deux étaient allongées, tranquilles, appuyées sur les coudes. C'étaient deux hommes qui discutaient entre eux. Il y avait deux autres personnes, des femmes, qui parlaient également, sans faire de bruit, un garçon courait entre elles avec un grand bâton, il zigzaguait sur la feuille verte. Les femmes le suivaient des yeux, elles éclatèrent de rire et lui crièrent quelque chose.

Les doigts d'Ingrid étaient comme des griffes.

Elle essaya de les déplier. Elle comprit qui étaient ces gens, sa mère et Barbro, son grand-père, le petit garçon était Lars. Et un inconnu. Puis une femme, inconnue elle aussi, fit son apparition. Les autres se tournèrent et lui sourirent. Elle leur donna des petites tasses blanches, les remplit avec une cafetière, ils burent et parlèrent, et Ingrid reconnut Stangholmen, l'inconnu était Thomas, la femme était Inga. Ingrid n'était venue que cinq ou six fois, mais ils s'étaient souvent fait bonjour de la main. Et quand elle leva les yeux, elle distingua Barrøy au loin.

Elle était du mauvais côté de la mer.

Ce qui était mal : elle parvint à desserrer ses griffes et à voir que ses doigts étaient rouges et écorchés. Elle baissa les yeux sur les genoux qui dépassaient sous l'ourlet de la chemise de nuit et vit le mince filet de sang qui coulait sur la rotule, le tibia, puis un autre filet qui descendait derrière l'autre genou. Elle ouvrit la bouche pour pousser un cri et n'entendit pas un bruit. Là-bas, sur la feuille verte, tout le monde se figea et regarda dans sa direction, elle vit sa mère qui ouvrit la bouche, la referma et se mit à courir vers elle.

Ce qui était bien : ils rentrèrent ensemble, Maria et Ingrid dans le canot à quatre avirons, Barbro et Lars dans la prame, avec chacun un aviron, Martin était à l'arrière, il se moquait d'eux, pointait tout ce qu'ils faisaient mal, disait qu'ils ne savaient pas ramer. C'était le calme plat, avec une houle lente. On était en octobre. Ils firent la course. Sa mère lui avait expliqué ce qu'était ce sang. Ingrid comprit qu'elle ne devait pas ramer plus fort qu'elle. Lars et Barbro arrivèrent les premiers. Lars poussa des cris de joie. Les vaches meuglaient dans l'étable. Les moutons étaient dans le Jardin d'Éden et mangeaient des fanes de pommes de terre. Un aigle s'envola du toit de la nouvelle remise. Un autre d'un séchoir. Mais le sang était propre. Quand elle se retourna, Ingrid vit Thomas et Inga, des petites pièces sur la pointe sud de Stangholmen.

« Il faut leur faire signe, dit sa mère en tirant le canot. Pour qu'ils voient qu'on est rentrés. »

Ingrid monta sur le rocher, agita la main et pensa à tout ce qu'elle devait oublier, à l'homme qui leur avait volé ce qu'ils ignoraient posséder.

Là-bas, ils leur répondirent en secouant l'écharpe verte, qu'ils appelaient l'écharpe à signaux. Ils en avaient aussi une rouge, utilisée pour appeler à l'aide. Dans son dos, Maria lui dit d'aller à l'étable pendant que Barbro préparait à manger. Puis elle lui demanda :

« Qu'est-ce que c'est que ça ? »

Une masse marron au fond du canot. Le sucre candi. Mais le seau de mélasse était encore intact. Ingrid le souleva, le soupesa des deux mains et sentit que c'était important, qu'il était entier, et elle le porta à la maison.

34

Nelly est en visite. C'est Pâques, Vendredi saint et marée d'équinoxe, ce bref moment de l'année où l'île est le plus grande, où l'on peut marcher sur du sable blanc comme neige tout autour du royaume, sauf aux abords du grand rocher et du quai où l'eau est toujours si profonde que Lars peut plonger, mais les autres ne plongent pas. Une fois, Ingrid a fait le tour complet de l'île à la nage, à marée haute, quand l'île était le plus petite ; c'était au milieu d'un été plus chaud que les autres.

Là, elle fait le tour de l'île avec Nelly ; Nelly qui est venue parce que sa mère est partie rendre visite à des membres de sa famille. On ne parle pas de son père, ni de ses frères et sœurs.

Nelly pose des questions qui n'ont jamais été posées sur Barrøy : pourquoi n'ont-ils pas de serrures aux portes ? Qui est le père de Lars ? Pourquoi n'as-tu pas de frères et sœurs ? Qu'est-ce que dit ton grand-père ?

Ingrid sait quelles questions elle ne doit pas

soumettre à sa mère. Mais elle rumine la plus importante, elle ne cesse de réfléchir à cette question des frères et sœurs, alors que sur les autres îles ils sont neuf et treize enfants. Nelly a six frères, et sur Stangholmen, il y a eu cinq filles et trois garçons, les enfants de Thomas et Inga qui sont partis l'un après l'autre après avoir terminé l'école, et qui reviennent seulement pour les foins en été, sinon, ils sont seuls tous les deux et, dans le souvenir d'Ingrid, ils ont toujours été seuls.

Mais ils ont deux écharpes pour faire des signes, une est verte et l'autre rouge.

Nelly fait également pas mal de remarques sur Barrøy. D'abord, il n'y a pas d'autres familles sur l'île, ce n'est pas comme chez elle, sur Lauøy, où vivent quatre familles. Il n'y a pas de chien. Et les maisons ne sont pas peintes. Celle de Nelly n'est pas peinte non plus, mais une maison qui n'appartient pas à sa famille est rouge, c'est la seule maison que l'on peut voir de l'école à Havstein, et Nelly a pu ainsi pointer le doigt sur l'étable du voisin.

Nelly n'aime guère le lieu noir bouilli et le foie. Mais, de toute évidence, c'est très exagéré, car elle mange aussi bien que Lars. Et il y a beaucoup de choses qu'elle adore, qu'elle le dise ou non : galettes au beurre, confitures de rhubarbe de l'année dernière, lait frais, pain craquant, et puis la couette en duvet, sous laquelle elle dort à côté d'Ingrid dans la Salle Nord, car ils n'ont pas de duvet sur Lauøy. Elle apprécie également d'avoir sa propre chaise pour les repas. C'est la chaise de Hans mais, comme d'habitude, il est parti aux Lofoten, alors elle trône à un bout de table, comme une reine, et cela ne lui est pas arrivé souvent, elle est face à Martin, assis à l'autre bout de la table. Quant à faire le tour complet à marée basse, comme sur le bord d'un immense chapeau, et ramasser des œufs de mouette dans de petits filets, ce n'est pas possible sur toutes les îles.

En outre, Nelly travaille bien, même si Maria leur dit « Prenez des vacances et faites ce que vous voulez », ce qui est aussi une nouveauté pour Ingrid.

Elle a une tresse qui cogne comme une corde entre ses épaules quand elles taquinent Lars, et ce dernier les poursuit dans les dunes de sable. Lars est un gamin costaud et colérique, mais petit. Elles lui jettent des œufs, les jaunes dégoulinent comme du miel rougeoyant sur son visage furieux. Ingrid aime bien être méchante avec lui. Lars est assez bête pour s'essuyer dans la bruyère sèche, et il a l'air d'une grosse poule de mer quand il rentre à la maison. Ingrid se fait plus gronder que d'habitude à cause des œufs précieux. Mais Nelly est également disputée avec elle. Lars prend son élan et frappe Ingrid en pleine figure, Maria est obligée de lui mettre des bouts de tissu dans les narines pour arrêter le sang.

Il y a aussi des problèmes avec Martin qui, lorsqu'il ne dort pas, traîne partout, perdu dans son monde, puisque Lars court après les deux filles.

Il est grossier, il bougonne, c'est pour cela que Nelly demande ce qu'il raconte ; c'est une question sans réponse, même si Ingrid comprend tout ce qu'il dit, et même ce qu'il tait.

Mais que dire du fait qu'elle n'a pas de frères et sœurs ?

Au début, Nelly dit que sa maison lui manque. Mais à mesure que le jour du départ se rapproche, elle commence à sangloter, et à pousser de petits soupirs par le nez. Maria dit à Barbro et à Ingrid qu'elles n'ont pas besoin de l'accompagner à l'étable, Nelly suffira, et elle a un tête-à-tête avec elle. Quand elles ressortent, Nelly est presque de la même humeur qu'à son arrivée, elle dit qu'elle ne veut pas rentrer chez elle, qu'elle veut vivre sur Barrøy pour le reste de ses jours et que c'est le plus bel endroit qu'elle connaît.

À l'autre bout de la table, Martin lui demande si elle est allée dans de nombreux endroits.

Nelly répond qu'elle connaît Havstein et Lauøy, qu'elle est allée une fois à l'Usine avec son père, mais ils dépendent d'une autre usine, à Åsværet, et elle n'y est jamais allée.

Martin rit. Nelly aussi. Il demande à Nelly le nom de son grand-père et il apparaît qu'il a pêché avec lui pendant de nombreux hivers, à Træna. Il pose donc d'autres questions que Nelly comprend, et auxquelles elle répond.

C'est au tour de Lars de lui demander combien elle a de frères et sœurs.

Elle récite la liste imposante et Lars pose

encore une question, à Barbro. Pourquoi n'a-t-il pas de frères et sœurs, *lui*?

Le silence se fait.

Lars pose son regard sur Ingrid, puis sur Maria, il la dévisage, il réfléchit tellement que tout le monde voit à quel point cela le travaille, puis il ouvre la bouche à l'instant précis où Martin se lève et dit qu'il faut qu'il aille voir le veau qui était malade hier, il a mal au ventre. Ingrid demande à Lars s'il veut se prendre un autre œuf sur le museau.

Tout le monde rit, sauf Lars.

Il se lève et suit son grand-père.

Quand elles sont couchées, Ingrid entend Nelly renifler dans son sommeil et marmonner des mots qu'elle ne saisit pas. Mais elle ressent une profonde gratitude à pouvoir ainsi écouter ces plaintes inconscientes d'une personne qui voudrait ne jamais quitter Barrøy et qui, un jour, lui a tressé les cheveux quand c'était une question de vie ou de mort.

Maria et Barbro les reconduisent à l'école en canot.

Ingrid a le nez endolori, elle porte ses beaux habits, elle est à côté de Nelly, elle voit Lars et son grand-père sur le rocher, un vieil homme et un petit garçon sur son île à elle qui ne cesse de rapetisser, Nelly sanglote et tousse, elle n'essaie même pas de dissimuler ses larmes, comme si elle pouvait enfin pleurer tout son content, comme si elle n'allait pas laisser passer cette chance de rattraper tout ce qui était perdu. Quand elles arrivent à Havstein, elle est pâle et déterminée. Elles montent vers la ferme, se retournent et font un signe à Maria et à Barbro qui sont déjà ressorties du port. Barbro soulève un aviron et lui rend son au revoir. Ingrid est chez elle à la fois ici et là-bas. C'est une enfant sentimentale. Et très heureuse.

35

Il s'écoulera plus d'un an avant que ne se présente l'occasion d'éclaircir cette question des frères et sœurs, mais une telle chose ne disparaît pas.

C'est un été d'une chaleur mortelle, le plus chaud de mémoire d'homme. Le ciel et la mer se sont fondus pour former une bouillie brumeuse qui les recouvre nuit et jour ; l'herbe est courte et marron, les fanes de pommes de terre sont molles, les hommes et les bêtes transpirent et respirent avec peine. Ils marchent à moitié nus, cernés par des nuées de mouches sur une île tropicale près du cercle polaire.

Hans déplace le poêle de la remise des Suédois à l'extérieur, ils ne peuvent plus cuisiner à l'intérieur. Ils dorment avec les fenêtres et les portes ouvertes et ils se baignent tous les jours. Dans la mer. Même le vieux Martin se baigne, il marche dans l'eau, comme Hans et Barbro, tandis que Lars plonge des rochers, Maria et Ingrid nagent jusqu'à Moltholmen, elles s'installent au soleil sur les rochers, elles ferment les yeux et ne pensent à rien avant de rentrer à la nage.

Barrøy est un paradis.

Mais, dès le début du mois de juillet, le nouveau puits est tari. Les flaques des tourbières se vident à leur tour, l'une après l'autre, puis les cuvettes de Skogsholmen, cela commence à devenir impossible. Et comme il n'y a pas de vent, Hans et Martin sont obligés de ramer jusqu'à l'Usine avec des bidons et des seaux. Mais cela ne suffit pas. Ils doivent aller au ruisseau qui coule de la montagne, à Malvika. Cela aurait été bien avec un peu de vent dans les voiles. Et dire que d'habitude, du vent, il y en a toujours.

Ils font deux allers et retours par jour, et à ce moment-là, les dos font si mal que la journée est terminée. Les hommes boivent peu mais plus que d'habitude, et les bêtes n'ont jamais assez d'eau.

Les dernières plaques de neige disparaissent dans la montagne, le ruisseau de Malvika s'assèche, les mouettes ne s'envolent plus, elles piètent tout juste quand Lars les chasse, sinon, elles restent immobiles sur la mer lente et visqueuse qui est devenue un désert.

Lars confère à voix basse avec Maria : faut-il abattre le bétail ?

Maria répond par des banalités, c'est une question pour les hommes, et c'est aux hommes de répondre. Mû par une impulsion désespérée, Hans les munit de pioches et de pelles, il faut qu'ils se mettent à creuser, au fond du vieux puits dans les tourbières, qui est tari également.

Hans et Lars sont au fond d'un trou noir, ils jurent, ils se battent contre les mouches et les taons tandis que les autres remontent seau après seau de poussière couleur rouille qu'ils vident dans les creux des champs et des jardins. Ils sont nés poussière, ils sont nés de la terre et ils y sont attachés par des liens indéfectibles, mais aujourd'hui elle ne se colle pas seulement sous leurs ongles et sous leurs pieds, elle colle à leurs pores et à leurs pensées, à leurs oreilles, à leurs cheveux et à leurs yeux, la dernière chose qu'elle conquiert, c'est l'ovale de leurs dos, où les mains ne parviennent pas à tâtonner dans leur chasse hystérique des taons.

Mais ils peuvent se baigner dans une mer qui est chaude, pour une fois ; les corps secrètent des nuages marron dont ils émergent en nageant, blancs comme des nouveau-nés, ils lèchent le sel sur leurs lèvres avant de recommencer à s'attaquer au puits. Même une île doit avoir une nappe phréatique, elle ne flotte pas comme un bateau, elle est amarrée aux entrailles de la Terre. Hans l'a déjà dit, il y a de l'eau là-dessous, il *doit* y en avoir.

L'existence a pris une dimension de désespoir, la gravité de la situation est inscrite dans les yeux de Hans, le danger est là, un danger tellement contre nature qu'il était impossible de le prévoir. Quand y a-t-il eu un été pareil pour la dernière fois ?

Est-ce cela qui a fait disparaître la civilisation à Karvika ?

La sécheresse ?

Ici ?

Un après-midi, ils entendent les cris étouffés de Lars au fond du puits, et le seau suivant est rempli de glaise et de boue humide.

S'ils étaient auparavant couverts de poussière, ils le sont encore plus désormais. Lars et Hans se déshabillent et travaillent comme deux chauffeurs acharnés, dans des proportions bibliques, des coups sourds et mouillés résonnent en même temps que leurs jurons, et quand ils escaladent l'échelle pour prendre une pause, les autres ne voient pas de différence entre eux, si ce n'est la taille.

« Comment ça va ?

— Ça va… »

Alors qu'ils reviennent de la baignade, propres et beaux, Hans s'arrête soudain dans le pré, il dit « Chut ! », il place une main derrière l'oreille, il a entendu quelque chose, le bruit de l'eau. Les larmes lui montent aux yeux et ils sont obligés de détourner la tête. Il se met à courir, les autres se dépêchent après lui, ils se couchent sur le ventre autour de la plaie ouverte dans l'île, ils scrutent un œil noir qui les dévisage d'un air mauvais, et ils ne parviennent pas à dire un mot.

L'eau sent la merde, la tourbe et l'essence, mais il n'y a pas de reflets irisés. Hans ordonne que l'on tende des vieux morceaux de draps sur les seaux et les bidons, pour faire un tamis. Ils peuvent voir le fond dès le premier seau. Ils le donnent aux vaches qui halètent autour d'eux. Dans le suivant, l'eau est plus claire, le murmure s'est fait plus net, comme celui d'un ruisseau. Le lendemain matin, ils installent un système de treuil au-dessus de l'ouverture du puits, une tente de cinq pieds faite d'étais grossiers, avec un palan et une corde, et avec une planche qui pendouille sur laquelle Lars peut s'asseoir. Ils le descendent prudemment, il remplit les seaux à la surface de l'eau, et ils les hissent pour les donner aux bêtes qui bêlent et qui beuglent, les brebis se sont attroupées autour d'eux, paniquées et délivrées. Ils peuvent faire du café avec cette eau. Le soir, ils peuvent la boire comme elle vient, elle est glacée et n'a aucun goût.

La même nuit, ils arrosèrent les carrés de pommes de terre. Au matin, ils étaient aussi secs, mais l'herbe s'était redressée jusqu'aux genoux. Ils descendaient et hissaient Lars sans arrêt et il remplissait les seaux. Ils arrosèrent les pommes de terre toute la journée et la nuit suivante, l'eau filait dans les sillons poussiéreux et s'évaporait, mais les fanes se redressèrent encore plus. Une semaine passa ainsi.

Puis la pluie se mit à tomber.

Et elle les frappa avec le sentiment d'avoir passé une semaine à nulle autre pareille, sept journées radieuses à partir du moment où ils avaient trouvé de l'eau sous leurs propres pieds, jusqu'à celle où le ciel s'était abattu sur eux. Des jours de richesse et de désespoir, avec la preuve ultime qu'ils étaient maîtres de leur destin. L'île avait été marron comme un jour de novembre du début de juin à la fin de juillet. Là, elle était plus verte que jamais, même le Jardin des Roses n'était pas rouge. Puis le soleil et la pluie alternèrent, et la récolte des foins fut maigre. Celle de la tourbe fut mince elle aussi, mais il vaut mieux tuer le bétail avant Noël qu'au milieu de l'été. Un après-midi, alors qu'elle était allongée sur le dos à côté de sa mère dans le Jardin de la Teigne que l'on venait de faucher, Ingrid se dit qu'ils avaient bravé la mort, qu'une liberté nouvelle avait été gagnée et que la question décisive pouvait être posée : pourquoi n'avait-elle pas de frères et sœurs ?

Maria se redressa sur ses coudes et répondit que les enfants, on ne les a pas, on ne les *possède* pas, les enfants, c'est comme des dons, des cadeaux que l'on *reçoit.* Ingrid demanda alors pourquoi certains reçoivent ces cadeaux et d'autres pas, même si quelque chose lui disait qu'elle aurait mieux fait de se taire.

« Pourquoi, ça te manque ? » répliqua vertement sa mère. Mais elle se radoucit aussitôt et demanda à Ingrid si elle se rappelait quand Nelly était là l'année passée ; les pleurs de Nelly quand elle devait rentrer chez elle, c'était parce que personne ne se moquait d'elle sur Barrøy quand elle bégayait, même pas Lars, et Nelly pouvait remercier Maria pour cela, au cas où Ingrid s'imaginait des choses.

Ingrid la dévisagea, interloquée.

« Elle a des frères et sœurs », dit Maria avec un regard éloquent. Ingrid voulut s'enquérir du sens de cette phrase, comme si elle désirait entendre une nouvelle fois que la solitude est une chose précieuse, mais une ombre avait glissé sur son visage, c'était Lars qui était arrivé sans bruit et qui était passé devant le soleil. Maria cligna les yeux et demanda où était le grand-père.

« Y se repose », répondit le garçon.

Lars portait un pantalon trop grand dont Barbro avait coupé les jambes et qui tenait par des bretelles faites de fils pour filets qu'elle avait tressés ; il traînait ainsi toute la journée, pieds nus, torse nu, farouche, il avait le corps d'un adulte à sept ans, et devait commencer l'école bientôt.

« Où ça ? s'enquit Maria.

— Là », dit le gamin en pointant le doigt dans une direction qui éveilla son attention, elle regarda avec soin vers un coin de l'île où Martin n'allait jamais, où personne ne s'arrêtait jamais, Karvika et les ruines. Mais ses yeux ne trouvèrent pas ce qu'ils cherchaient, elle se leva, brossa des brins d'herbe de sa jupe, elle recommença à scruter par là-bas, puis un petit bruit s'échappa de ses lèvres et elle se mit à courir. Ingrid et Lars la regardèrent d'un air décontenancé.

36

Martin s'était allongé à l'ombre pour se reposer, lui, un homme qui n'avait jamais assez de soleil, on aurait dit qu'il dormait comme à l'accoutumée, la seule chose qui manquait, c'était Karnot, le chat, sur son ventre.

Maria se retourna et arrêta les enfants, elle aperçut son mari qui avait posé sa faux et s'approchait à pas paisibles. Barbro vint aussi de la maison, dans l'expectative ; ils vinrent tous, comme s'il y avait un signal convenu.

Hans s'accroupit à côté de son père et posa la main sur une joue. Personne ne dit un mot. Il se redressa, posa les yeux sur Lars et lui dit de l'accompagner pour rapporter quelque chose de la nouvelle remise. Ingrid les entendit parler, Lars était tout enthousiaste, son père expliquait quelque chose, elle ne saisit pas quoi.

Ils revinrent avec l'échelle qui avait servi pour creuser le puits et deux des couvertures utilisées par les Suédois. Hans en posa une sur l'échelle. Avec Barbro, ils soulevèrent le grand-père, le recouvrirent de l'autre couverture ; ils le portèrent au hangar à bateaux et déposèrent l'échelle sur les tréteaux où ils mettaient le canot. Puis ils fermèrent les deux portes ainsi que la trappe qui donnait sur la colline afin que les oiseaux ne viennent pas sur lui.

Le lendemain matin, ils partirent avec deux bateaux. Dans le grand canot, Barbro et Hans étaient aux avirons, Ingrid et Maria étaient à l'arrière et Lars était à l'avant, complètement décomposé. Ils avaient la prame en remorque, avec Martin posé sur l'échelle. Il n'y avait pas de vent.

Ils accostèrent au petit quai au-dessous de l'Usine. Hans monta et revint avec le pasteur Johannes Malmberget, et il fallut l'aider à descendre l'escalier raide. Il leur serra la main à tour de rôle et prononça les paroles de réconfort qu'il avait dites tant de fois, sans qu'elles paraissent machinales pour autant. Le vapeur venait juste d'apporter une cargaison de glace, on pouvait donc mettre le corps dans la chambre froide.

« Vous avez des vêtements avec vous ? »

Oui, ils avaient apporté des vêtements, les habits du dimanche de Martin.

Et il y aurait un cercueil ?

Bien sûr, ils avaient de l'argent.

Hans et Barbro montèrent l'escalier avec l'échelle sur laquelle se trouvait le grand-père, ils allèrent dans la chambre froide et la posèrent sur deux tréteaux, entre des pains de glace entassés sur un mètre de haut et qui avaient été extraits d'un lac à l'intérieur des terres en hiver, et qui avaient aussi survécu à l'été le plus chaud de mémoire d'homme. L'endroit était apaisant et froid, et il y régnait un silence complet.

Ils ressortirent sur le quai où une poignée de gens s'étaient attroupés au soleil. Un des ouvriers vint serrer la main de Hans et dit quelque chose qu'il n'aurait pas dû. Il serra également la main de Barbro. On parla de l'enterrement. Le pasteur Malmberget s'excusa de ne pas pouvoir les raccompagner en bas de l'escalier trop raide. Hans dit que cela ne faisait rien. Ils se serrèrent la main une nouvelle fois, puis tout le monde s'assit dans le canot et rentra, toujours avec la prame en remorque.

Le chat Karnot et Lars furent les plus affectés. Lars criait et cassait tout ce qui lui tombait sous la main. Hans se taisait. Barbro pleurait en silence quand elle croyait que personne ne la voyait. Le visage de Maria était figé et gris, comme lorsqu'elle avait cru qu'ils allaient perdre les bêtes, pendant la sécheresse. Et Ingrid put constater que certains sont véritablement plus affectés que d'autres. Elle l'était tout particulièrement. Elle monta sur le rocher à côté de la remise dans l'espoir qu'une main géante la balaie dans la mer et la maintienne sous l'eau jusqu'à ce qu'elle craque, car elle n'avait pas la force de sauter, et elle n'avait pas non plus la force de s'effondrer sur terre, même si elle sanglotait de tout son cœur ; Maria vint l'arracher du rocher et lui ordonna de se reprendre, en tout cas, elle comprenait peut-être désormais ce qu'elle avait fait quand elle était partie avec Lars à bord du canot ; Martin était un vieil homme, les enfants étaient les enfants, et il y avait une énorme différence.

Ingrid se pencha, elle était un ver qui se recroquevillait pour devenir une boule dure et muette. Elle eut le droit de se coucher à côté de sa mère dans la Salle Nord, son père dormit seul dans la Salle Sud ; et avant de s'endormir, la vieille flamme avait fait son retour dans son ventre, comme lorsqu'elle s'était demandé, jadis, si elle pouvait compter sur son père ou sa mère, ou sur quiconque.

Le jour où l'enterrement devait avoir lieu, oncle Erling accosta au quai. Avec la barque remplie d'une famille dont Ingrid avait beaucoup entendu parler, mais dont elle n'avait vu que quelques membres ; il y avait les quatre sœurs de son père accompagnées de leur époux, les trois sœurs cadettes de sa mère dont deux étaient accompagnées de leur époux, oncle Erling et sa femme, Helga, le vieux père de celle-ci, ainsi que quinze cousins de tous âges, en provenance de différentes îles et de divers îlots, réunis au cours de ces dernières vingt-quatre heures et conduits à Barrøy afin de passer prendre les derniers.

Ils montèrent à bord, serrèrent les mains, saluèrent à droite et à gauche, sans un bruit, et il régna ainsi un silence massif sur cette arche qui haletait vers l'Usine, sous un soleil persistant.

On leur prêta une passerelle, ils assistèrent pendant quelques instants à l'amarrage soigneux du bateau puis, après une danse instable, ils se dirigèrent vers la boutique et le village, la paroisse la plus venteuse de toute la Terreur du Seigneur, dans leurs plus beaux habits noirs et étincelants, une marche lente vers l'église où tout se déroula comme prévu avec le pasteur Johannes Malmberget à la barre, sa belle épouse et ses deux jeunes garçons, avec Thomas et Inga qui étaient venus de Stangholmen à la force des avirons, comme toujours, avec une dizaine d'autres gens des îles, Ingrid n'avait jamais été entourée d'autant de personnes, et tous acquiescèrent tête baissée aux paroles bien choisies de Malmberget à propos des quarante-trois hivers que Martin avait passés sur un bateau ouvert dans la mer de Træna, c'était pour cela qu'il avait des mains aussi rudes. Mais, avec une vie pareille, c'était aussi un don de Dieu s'ils avaient aujourd'hui un corps à mettre en terre, même si la mer aussi est un Ciel, ce qu'il ne faut jamais perdre de vue, surtout dans ces parages, et c'était encore un don de Dieu si le vieil homme, Martin Konrad Hansen Barrøy, s'était endormi si paisiblement là où il l'avait souhaité plus que tout, sur sa propre île de Barrøy, il allait bientôt reposer aux côtés de sa chère Kaja, son épouse durant une vie un peu trop courte, une envie marquée par le temps est aujourd'hui comblée, c'est ainsi que nous devons voir les choses, avec nos lèvres tremblantes et le regard braqué sur le niveau des hautes eaux.

Johannes Malmberget soupira et essuya la sueur de son crâne avec un foulard rouge avant de lever les yeux sur les montagnes tourmentées, il donna le signal au bedeau de commencer la mise en terre dans ce qui, aux yeux d'Ingrid, ressemblait dangereusement au puits qu'ils avaient creusé à peine un mois plus tôt, amen, c'était insupportable.

Sur le chemin du retour, Hans se souvint de quelque chose, il prit la barre des mains de son frère, fit demi-tour afin d'aller chercher l'échelle et les deux couvertures oubliées sur le quai devant la chambre froide, elle était quasiment neuve, cette échelle.

Ingrid resta sans voix.

Elle n'avait pas dit grand-chose de la journée. Les paroles du pasteur furent encore plus entamées par un curieux changement d'atmosphère à bord, le silence du cimetière devait durer de toute éternité, même le vent retenait son souffle, or des rires se firent entendre de l'écoutille, au bastingage bâbord, une des tantes serrait Maria dans ses bras et Maria avait la main posée sur la bouche pour ne pas rire à son tour. Les plus jeunes commençaient à courir sur le pont sans que personne ne les reprenne. Et, là-haut, par la fenêtre de la timonerie, Ingrid put voir une bouteille d'eau-de-vie posée en équilibre sur le compas, la seule chose horizontale dans cette houle lente, ainsi que cinq verres verts qui passaient dans les mains de son père et de ses hommes.

Ils accostèrent à Barrøy, les écoutilles furent ouvertes, on descendit à terre des caisses de victuailles et de boissons, des draps et des vêtements. Et une nuée d'inconnus s'abattit sur l'île, et ils en connaissaient le moindre recoin.

« Tu te souviens de la Dent du Vent du Nord ?

— Tiens, là, c'est les Sables Blancs… »

Les buttes, les collines, les prés, les criques… Ces inconnus n'ignoraient rien du moindre bout de terre qu'ils se réjouissaient de revoir. Ingrid n'habitait plus sur ses propres terres, au fait de tous ses trésors et de tous ses secrets, mais elle était l'invitée stupéfaite dans le grand œuvre d'autres personnes, tel qu'il était autrefois et tel qu'il serait toujours, car aucune enfance ne peut disparaître.

Une des sœurs de son père s'agenouilla et déblaya un nichoir d'eider envahi par les mauvaises herbes qu'Ingrid n'avait jamais vu, puis elle en trouva un autre, dont Ingrid ignorait l'existence, elle le nettoya, elle demanda une ardoise pour le réparer, et elle expliqua à Ingrid où elle pourrait en trouver. Nul besoin de montrer aux invités où se trouvaient les choses, ils savaient où étaient rangées les couettes, où le poisson était entreposé, où nichait l'aigle, ils connaissaient les tiroirs et les étagères du garde-manger. Même les enfants qui n'étaient jamais venus avaient une fâcheuse tendance à se croire chez eux, ils allaient dans les hangars et les remises, deux garçons mirent à l'eau la prame sans demander la permission, ils emmenèrent Lars avec eux, Lars qui criait et montrait du doigt, ayant oublié quel jour c'était, le Jugement dernier, tandis que les filles restèrent à terre, comme autant de petites tentes noires, elles préféraient rester à regarder et se sentir comme des sœurs, car leurs îles étaient bien plus proches que celle d'Ingrid, qui était la plus à l'écart de toutes.

Mais devant elle, elle avait une fille de son âge qui la regardait avec des yeux mélancoliques sous d'épais sourcils noirs, elle dit quelque chose mais le rire de Maria résonna à nouveau quand ses belles-sœurs et elle commencèrent à vider la chambre du grand-père, pour la récurer et faire disparaître toutes les traces.

« C'est toi, l'Ingrid ? »

Ingrid fit oui de la tête, il était encore trop tôt pour dire quoi que ce soit.

« Moi, j'suis la Josefine, de Gåsværet. »

Ingrid acquiesça à nouveau et vit Karnot traînailler entre les jambes des étrangers après avoir été chassé de sa propre maison qu'il avait refusé de quitter après la mort de Martin, il se dirigea vers le hangar à bateaux et donnait l'impression de vouloir se mettre à nager.

Son père et oncle Erling avaient allumé un feu sur la rive. Les vieilles couvertures partirent en fumée. Une des tantes apporta un paquet de vieux vêtements, puis sa mère les draps du grand-père, les étincelles montèrent dans le ciel de cette journée d'août dorée, puis vint Barbro avec la paillasse de Martin, Barbro était devenue la petite sœur robuste d'une flopée de sept, elle était embrassée, dorlotée et taquinée, elle brillait comme un soleil, elle était coiffée de trente-six façons, assise sur sa chaise, trônant en plein air. Et elle n'était pas assise toute seule, toutes les chaises étaient sorties, ainsi que la table de la grande salle et celle de la cuisine, il y avait du café, à manger, des gâteaux et de l'eau-de-vie, et ceux qui n'avaient pas de chaises étaient assis sur des couvertures ou dans l'herbe, ils mangeaient, buvaient et s'enveloppaient dans ce gazouillement de voix et de rires, et de tout ce qui appartient à la vie, et pas à la mort.

Ingrid voulut retourner sur le rocher et être balayée dans la mer. Mais il était impossible d'échapper au regard simple de la cousine Josefine. Elle sentit ses muscles se contracter pour former un sourire involontaire quand un des oncles tomba à la renverse sous les applaudissements réjouis de tous. Quelques larmes pointèrent, mais le sourire tint bon et elle répondit à toutes les questions jusqu'à ce que la nuit tombe comme la bruine sur la foule innombrable qui avait métamorphosé Barrøy en une ville, une ville étrangère, on aurait pu en devenir friand, et derrière tout cela elle ne cessait de voir sa mère comme elle ne l'avait jamais vue. Elle ne la comprenait pas. C'était un sentiment aussi étrange que d'éprouver de la peine pour le grand-père.

37

Cela fait des ans et des jours qu'ils ont un quai sur Barrøy. Hans Barrøy ne l'a pas seulement vu comme un triomphe et une prouesse technique, il l'a également perçu comme une obligation de continuer. Il a également écrit des lettres considérables, il a participé à des réunions avec des sociétés de transport, des laiteries et des conseillers municipaux pour évoquer ses affaires.

En vain.

Mais après la mort de son père, il doit effectuer une nouvelle tentative et, cette fois-ci, il emmène Maria avec lui. Les trois qui restent sur le ponton et les regardent disparaître sous un léger crachin se disent que quelque chose d'important est en train de se tramer.

Il s'agit d'inclure Barrøy dans un des ramassages du lait par le bateau qui, trois fois par semaine, fait la navette entre l'Usine et Havstein et deux autres îles, collecte les bidons de lait et, en cas de besoin, fait office de transport de passagers pour la population des îles, sans oublier qu'il règle le souci qu'il y a à conduire le taureau à la vache ou la vache au taureau. Hans a apporté une carte marine qu'il déplie sur la table de cuisine du conseiller, afin de lui montrer qu'un détour par Barrøy est court.

Mais ils sont seulement accueillis avec une bienveillance qui n'engage à rien, et par quelques paroles sur les finances du conseil municipal, qui n'ont jamais été aussi piteuses, et le conseiller prétend qu'il n'a rien à dire sur ce sujet.

Maria remarque qu'il ne leur sert pas de café, et cela n'a rien à voir avec les finances, la conversation tourne à vide pendant un moment avant de prendre soudain une dimension philosophique, le conseiller fait remarquer que, pendant toutes ces années, Hans Barrøy a saboté les besoins de la civilisation d'avoir une balise, un fanal ou un amer sur Barrøy ou sur un de ses îlots ou écueils, la propriété se trouve malgré tout au beau milieu des routes pour les bateaux ou, plutôt, à leur périphérie.

Hans se demande ce que cela a à voir avec la chose, et il apprend que le conseiller municipal a une idée, ils pourraient peut-être passer un marché tacite, en effet, son fils travaille aux phares et balises, alors que dire de trois arrêts par semaine du ramassage du lait en échange de pouvoir installer une balise sur Skarvholmen, par exemple ? Qu'en pense Hans Barrøy, que pense-t-il de pouvoir être un peu utile pour une fois, et de ne pas être seulement un écueil sur l'océan ?

Il ne sait pas quoi dire.

Cela lui ruine le sommeil.

Il préfère une balise à un fanal. Mais il préférerait n'avoir aucun des deux, en regardant par la fenêtre de la cuisine, il préférerait ne pas voir une sorte d'os noir se dresser au milieu de son horizon, avec une ventrière et une flamme au sommet. Ensuite, il y a tout le travail à effectuer, cela va prendre des mois avec des gens et tout un trafic. Combien de vaches peut-il élever si, par exemple, il cultive les tourbières sur Gjesøya, qui est proche de Barrøy ? Cela aurait dû être fait depuis des générations. Et, troisièmement, en fin de compte, veut-il vraiment que le bateau du lait s'arrête trois fois par semaine ?

La question le travaille de plus en plus à mesure qu'il risque de voir son souhait exaucé.

Tout cela est lié à la mort de son père.

Avec la continuité de l'île.

Il y a déjà un an de passé, et certaines années sont plus longues que d'autres, il secoue la tête, tranche, il prend finalement une décision et charge Maria d'écrire la lettre suivante, elle possède une plus belle écriture que lui et des tournures plus raffinées. Ils prennent le bateau et vont la remettre au conseiller, avec une copie à la laiterie, on leur fait une promesse orale sur-le-champ et ils rentrent aussitôt, Seigneur, ça a été vite, ils rient presque sous cape sur le chemin du retour, deux jeunes gens qui viennent de s'ouvrir au monde, ils sont devenus un point fixe sur la carte, un point visible.

Deux semaines plus tard, le bateau du lait fait son premier arrêt, ils sont tous les cinq sur le quai et lancent l'aussière – une suffit, car le bateau ne va prendre qu'un bidon de lait, et c'est tellement peu que le capitaine, avec qui Hans est allé à l'école autrefois, a un sourire condescendant en voyant le numéro fraîchement peint sur le bidon et en songeant qu'il n'y a vraiment pas de quoi en faire un plat, car les autres îles livrent dix ou vingt bidons. À cet instant, Hans Barrøy se rend compte qu'il a donné un doigt au Diable et qu'il va falloir tout de suite cultiver Gjesøya, c'est inévitable.

Il ne va pas au chantier du chemin de fer cet automne, il emmène Lars avec lui sur Gjesøya, Lars qui aurait dû commencer l'école, et ils se mettent à drainer le terrain. À la pioche et à la pelle. Ils veillent à ce qu'il y ait de la pente et déposent des pierres et du bois dans les fossés, il pourra y avoir de grands prés entre les buttes.

Mais c'est un travail colossal qui use le corps et l'esprit, au bout de deux semaines, Hans commence déjà à se demander s'il va pouvoir le réaliser. Cela ne veut pas dire pour autant qu'il a pensé à renoncer. Barbro les accompagne certaines semaines, elle est forte avec la pelle. Au bout d'un mois de plus, ils embauchent deux jeunes désœuvrés du village. Mais il faut les payer, avec de l'argent que les gens de Barrøy n'ont pas.

Lorsque le gel finit par arriver, Hans Barrøy se redresse et a une conversation décisive avec lui-même : ces nouvelles terres qui s'étendent devant lui, et qu'il peut contempler avec une satisfaction aussi grande que son éreintement, ces terres sont d'une beauté indicible, pas de doute là-dessus, mais sont-elles vraiment *à lui*, au même titre que les autres prés ?

C'est presque une pensée macabre qui indique qu'il n'aime pas le travail de la terre, il est un homme de la mer, plus pêcheur que paysan, plus chasseur qu'esclave d'une terre. Ce qui était censé être un petit supplément de prairies est en train de se muer en une plaie existentielle.

La contradiction entre la mer et la terre a toujours été là, sous forme d'une inquiétude et d'une attirance : quand il est en mer, la terre lui manque, et quand il a les mains dans la terre, il se surprend sans cesse à scruter en direction de la mer et de la pêche. Mais il y avait un équilibre dans cet aller et retour, une dépendance réciproque et supportable. Cet équilibre est-il menacé d'être ébranlé ?

Il ne parvient pas à aller au fond de la chose, à la place, il va trouver Lars et lui dit de laisser tomber le bois qu'il porte, ils vont arrêter le chantier pour cette année.

Ils ramassent les outils et rentrent en silence, ce silence qui s'installe toujours entre eux lorsque Lars ne parvient pas à demander ce qui cloche et quand Hans fait comme s'il ne comprenait pas ce que se demandait le garçon. D'ailleurs, il ne le sait pas non plus et c'est un silence naturel. Les deux jeunes gars sont payés et repartent l'après-midi même avec le bateau de ramassage. Et un bidon de lait.

Et ça continue.

Barrøy reçoit du fromage en échange de ce lait.

Ainsi que du beurre, du lait caillé, de la crème, qu'ils produisaient eux-mêmes autrefois. Oui, ils en produisent encore avec le lait qu'ils conservent. Alors, est-ce un progrès ? Ils ont besoin d'argent comptant pour les filets, les bateaux et tout ce qui est lié à la mer, pas du même fromage qui a été fait ailleurs et par quelqu'un d'autre.

Il ne s'est jamais senti aussi pitoyable.

Mais décembre est arrivé, cette période de l'année où l'on peut repousser les décisions à plus tard. Il pêche en pleine mer avec Lars jusqu'à Noël en suivant une certaine direction. Après un hiver de plus aux Lofoten, il achète du bois, quatre barils d'huile et cent mètres de planches solides pour construire un radeau au sud de Barrøy, et transporter les bêtes sur Gjesøya, cela se fait sur bien d'autres îles.

Gjesøya n'est donc pas convertie en terres pour les foins, mais en pâturages. Pour le jeune bétail. Les vaches restent à brouter à la maison. Elles peuvent ainsi produire plus de lait. Et vêler davantage.

Quand Lars commence l'école, il va à Havstein pour son premier jour avec Maria et Barbro, mais, cette fois-ci, ils n'y vont pas à la rame, avec le canot, Lars est assis sur un des deux bidons de Barrøy, à bord du bateau de ramassage du lait. Il est encore courtaud, si bien que personne ne fait d'histoires alors qu'il commence l'école avec une année de retard. Mais il a l'esprit vif et il sait lire. À Barrøy, une fois encore, Hans a le sentiment d'avoir gâché une année.

Pourtant, cela a été une année importante. Bien plus importante que les deux précédentes qu'il a gâchées, elles aussi. Même s'il n'en a pas encore compris toute la portée. Son père lui manque.

38

À l'automne, on va édifier la balise. Mais cela se fait en l'absence de Hans Barrøy, car il doit à nouveau travailler sur le chantier du chemin de fer, pour gagner de l'argent. Cela se passe aussi en l'absence d'Ingrid, elle doit faire sa confirmation et suivre des cours de catéchisme avec quinze autres enfants des îles. Pendant ce temps-là, elle va habiter chez Karen Louise Malmberget et garder ses deux garçons quand elle n'étudie pas, elle va aussi apprendre à être une domestique, le tout avec Nelly, Josefine et une autre fillette. Peut-on rêver mieux ? Du reste, Karen Louise attend un autre enfant, le huitième du pasteur, et ils sont tous encore en vie.

Cela signifie que seules Maria et Barbro sont sur Barrøy quand arrive le Service des phares et balises. C'est un groupe de onze travailleurs, ils ont aussi un bateau et un radeau, leurs vêtements sont un mélange de ceux d'un chemineau et d'un contremaître, une sorte d'ouvrier plus chic, avec casquettes, vestes, des bottes en caoutchouc luisantes et des pulls en laine qui les font ressembler à des ingénieurs. Ils ont de bonnes manières et sont polis quand ils veulent acheter de la viande, du poisson ou du pain, et ils laissent derrière eux pas mal d'argent. Ils dorment à bord d'un navire à coque en fer, le *Glunten II*, qui est amarré au quai, ou ancré juste en face du chantier.

Mais il se produit un malentendu dès le premier jour, Maria ne l'éclaircit pas, ou bien elle s'en moque. En effet, les ouvriers ne commencent pas le travail sur Skarvholmen, comme convenu, mais sur la pointe sud de Barrøy. D'ailleurs, ils n'édifient pas non plus une balise, mais une construction métallique, quatre poutrelles sont enfoncées et bétonnées dans la roche, on pose dessus une lanterne de la taille d'un homme, un phare blanc coiffé d'un chapeau rouge qui, de loin, ressemble à un insecte ou à un clown qui se balance. La lanterne est alimentée avec de la paraffine puisée par un tuyau dans un réservoir également fixé dans la roche, et le feu doit être allumé du 1er octobre au 1er mars et éteint le reste de l'année, mais l'ensemble est bien visible avec ses couleurs blanche et rouge vif.

Là, on est bientôt en novembre.

Il y a donc une lumière qui bat sur la pointe sud de Barrøy depuis plus d'un mois quand l'ouvrier du chantier du chemin de fer rentre chez lui, il en bondit : un sapin de Noël épouvantable et tapageur sur son île à lui !

Mais il ne rencontre aucune compréhension, ni chez Maria ni chez Barbro. Elles lui montrent cent vingt-deux couronnes qu'elles ont reçues pour la location du terrain et disent que, dorénavant, ils recevront un revenu certes modeste mais garanti pour surveiller et entretenir le phare. Ils ne sont pas seulement devenus des producteurs de lait et un point fixe sur la carte, mais aussi des gardiens de phares et des salariés, au service de l'État.

C'en est trop pour Hans Barrøy.

Il ne veut être au service de personne.

Dès le lendemain, il prend le bateau de ramassage vers le continent, sans Maria. Et dès que Barrøy disparaît dans la mer derrière lui, il commence à réfléchir au fait qu'il n'est pas en train de *ramer*, qu'il n'a pas hissé de voile, mais qu'il est à bord d'un navire qui effectue un circuit, avec ses beaux vêtements, comme s'il y avait une faiblesse dans la plainte qu'il a l'intention de déposer, à propos de cet « accord » peu orthodoxe qu'il a passé. Ce n'est peut-être pas si facile de se plaindre, et puis, à quelle autorité ?

Il est dans la timonerie avec Paulus, son vieux camarade d'école qui a ce travail paisible depuis des dizaines d'années, et qui reçoit un salaire fixe pour ne rien faire d'autre que naviguer dans des eaux tranquilles entre l'Usine et les îles, et descendre à terre quand ça lui chante.

À Havstein, Hans aide à charger le lait à bord, vingt et un bidons provenant des cinq fermes, ils les descendent dans la cale et les placent sur le lest, ils continuent jusqu'à Skarven, où ils prennent quinze bidons de plus, et encore neuf à Lutvær, et ils arrivent à l'Usine dans la soirée. Là, il est trop tard pour rendre visite au conseiller, et Hans va à la cabane de pêcheurs qui est à la disposition des gens des îles, il allume le poêle, se fait un café et s'endort.

Mais il ne va pas au village le lendemain. Le vapeur est amarré au quai de l'Usine, c'est la liaison de l'île principale avec le continent. Quelque chose lui traverse l'esprit. Il monte à bord et va jusqu'à la ville, il va au comptoir de la pêche, achète quatre baquets de lignes de fond, huit bobines de ligne, des hameçons, des cordages de chanvre et des couteaux. Puis il achète du café et un sac de sucre, un sac de pois et un petit tonneau de saucisses fumées, une nappe de Noël, trois magazines de Noël pour les enfants, deux bouteilles d'eau-de-vie, huit mètres de tissu à fleurs bleues pour faire une robe, et une commode à six tiroirs ainsi qu'un tableau encadré représentant un voilier.

Il reprend le vapeur pour le trajet inverse l'après-midi même, passe la nuit à la cabane de pêcheurs, charge les achats sur le bateau de ramassage et rentre à Barrøy exactement deux jours après en être parti.

Il est accueilli par la famille, qui attend avec deux bidons de lait.

Ce n'est pas la commode qui fait la plus forte impression, ce sont les magazines de Noël et la nappe. Mais c'est avant qu'ils n'observent le meuble de près, car il s'intègre parfaitement dans la grande salle. Maria trouve qu'il y a quelque chose qui cloche. Elle ouvre les tiroirs, ils glissent comme des roues huilées sur des rails graissés, la commode a des pieds incurvés avec des petites griffes de lion, des motifs sculptés sur le devant de tous les tiroirs, des coins arrondis et au dos du meuble, sur une petite plaque en cuivre, elle lit « Møbelsnedker Kofoed & Sön Nidaros ».

Elle demande à son mari ce qui lui est passé par la tête. Il demande si elle ne la trouve pas jolie. Elle demande combien elle a coûté. Il dit qu'il ne s'en souvient pas. Elle lui demande s'il n'a pas un reçu. Il dit que non. Elle ouvre les tiroirs, les referme et sent une légère odeur de camphre, d'hibiscus et de cerise, elle ne sait pas quoi exactement, elle sent une odeur exotique ; elle observe son mari qui lui tourne le dos, le marteau à la main, en train d'enfoncer un clou, puis il accroche le tableau du voilier à côté de la fenêtre qui donne à l'est. Il vérifie qu'il est bien droit, passe à la cuisine et s'assied dans le fauteuil à bascule de son père, il se verse un petit verre, allume sa pipe et déclare que, le lendemain, ils vont tuer le cochon. Ils n'ont pas toujours eu de cochon sur Barrøy, mais ils en ont un cette année. Demain, il sera tué.

De l'autre côté de la table, Ingrid et Lars sont en train de lire les magazines. Barbro aussi en lit un qui est illustré. Maria se met à préparer le dîner. Ils mangent, prennent le café, et Barbro demande à Lars d'écrire des cartes de Noël pour la famille à Buøy et à Gjesværet, cartes qu'ils pourront envoyer par le bateau du lait. Elle est muette d'admiration devant la main de Lars et son écriture.

Une fois les enfants couchés, Hans sert trois petits verres, il en donne un à Maria et un à Barbro, il pousse les cent vingt-deux couronnes sur la table, et dit que comme ça, cet hiver, elles n'auront pas à acheter à crédit pendant qu'il sera aux Lofoten. Maria dit que ce n'est pas nécessaire. Il répond que si. Elle dit que, en fait, cet argent ne lui appartient pas. Cela le met en colère, il se lève et va se coucher. Maria se lève également et va se coucher. Barbro entend leurs voix dans la Salle Sud. Puis le silence. Elle boit son verre et celui de Maria, met du bois dans le poêle et emporte l'argent dans sa chambre. Barbro aussi a un coffre.

39

Après les préparatifs pour la confirmation, Ingrid trouve que Barrøy est ennuyeuse. Peu importe qu'il y ait un phare qui guide les navires étrangers dans l'obscurité. Elle ne désire pas s'éloigner, elle aimerait une Barrøy différente ; ou bien elle souhaiterait emporter l'île avec elle dans le vaste monde et la remplir de tout ce qui lui manque, et ce n'est pas rien tant elle, Ingrid, déborde de tout. Car c'est devenu un effort bien trop lourd que de récolter de la tourbe, d'aller à l'étable, au carré de pommes de terre, de mailler les filets avec Barbro, de nettoyer le poisson. Les dames ne font pas cela, elles restent devant un miroir, elles chantent dans le chœur, elles attendent le courrier, elles rient avec leurs amies, elles se promènent en groupe au bord de la route en portant les mêmes habits, sous un ciel azur, sans que la mer ne se fasse entendre, même au loin.

Curieusement, il se passe encore moins de choses sur Barrøy au cours des hivers suivants, les nuits sont tellement chargées d'insomnie qu'elle se demande si elle n'est pas malade, elle reste couchée jusqu'à ce que sa mère la force à se lever, elle n'a personne à aimer par ici, Barrøy est méconnaissable avec son bruit monotone de mer et de vent auquel elle ne prêtait pas attention jadis, ce bruit la rend folle, ces cris des mouettes, des pies huîtrières, des eiders et de ces idiots de cormorans qui se dressent sur l'écueil comme des moines carbonisés, ajustant leurs soutanes selon le vent. Il faut qu'elle trouve une place de domestique, il le faut.

Mais le monde ne veut pas d'elle.

Le monde a soudain une surabondance de filles comme Ingrid. Maria cherche et s'enquiert, parfois à l'insu de sa fille, mais la situation est comme ça et son père lui dit qu'elle peut l'accompagner aux Lofoten comme cuisinière. Mais Maria s'y oppose, elle a été cuisinière aux Lofoten elle-même, c'est là-bas qu'elle a rencontré Hans. Ça suffit. Et le ton monte encore plus quand Lars est à la maison et qu'il veut qu'Ingrid l'accompagne en mer, alors qu'elle est devenue bien trop femme. Elle l'accompagne pourtant, reste nez au vent tandis qu'il pêche à la ligne de fond, nettoie le poisson, il est perplexe face à cet enfer qui est celui d'Ingrid.

Mais, un jour, Maria lui montre enfin la lettre où il est écrit qu'elle a une place, chez le fils de Tommesen, le propriétaire de l'Usine ; Oskar qu'il s'appelle, et sa jeune épouse Zezenie qui vient du sud du pays, ils ont deux jeunes enfants dont il faut s'occuper, dans une maison neuve en face de l'Usine.

« Tu aurais déjà dû partir il y a des années de ça. »

Ingrid acquiesce.

« Ça va être facile maintenant », dit Maria, comme si elle savait que tous les chemins mènent à la maison. Ou peut-être est-ce de la jalousie. Ou le début de la tristesse. Le ramassage du lait est devenu une horloge, il les a fait entrer dans la même ère que le continent.

Madame Tommesen et ses enfants attendent Ingrid quand elle descend du bateau au quai de l'Usine, elles se saluent, Zezenie est aimable et un peu froide, elle parle un dialecte. Ingrid porte sa petite valise, monte la colline, elle s'éloigne de la mer, des bruits qui déchirent le cœur, et pénètre dans le silence. La maison a des têtes de dragon sur le faîte du toit et sur la girouette, elle est entourée par de grands arbres dont les feuilles bruissent dans la brise du soir, mais cela aussi, c'est une forme de silence.

Elle se sent bête quand elles franchissent la porte, aussi bête que le jour où elle a commencé l'école, mais Zezenie n'y prête pas attention, d'une manière pleine d'égards, elle lui montre sa chambre, comme si elle l'avait créée de ses propres mains. Ingrid admire les tiroirs et les armoires, elle ne remarque pas que Madame se tient tout près d'elle, qu'elle la renifle pour vérifier si elle sent mauvais, mais elle le comprend au moment où elle lui prend les mains, pour lui souhaiter la bienvenue une fois de plus, et pour inspecter ses ongles. Mais Ingrid les a frottés sous l'œil de Maria, et elle subit tranquillement l'inspection, et pendant que Madame lui montre la cuisine, elle se dit qu'elle a réussi l'examen, et que cela va continuer de la sorte. Un poêle avec des carreaux bleus de la ville de Delft en Hollande s'allume de la même façon que le poêle noir de Barrøy, c'est juste qu'il ne chauffe pas aussi bien, mais plus longtemps, le charbon, ce n'est pas plus difficile que la tourbe, c'est même plus simple.

« Là, tu as les salons », dit Zezenie, trois pièces qui constituent une sorte de progression vers ce qu'il y a de plus personnel et privé, il y a également un poêle, mais Ingrid ne doit l'allumer qu'une fois par jour, à cinq heures, pour qu'il soit chaud à sept heures, au moment où Monsieur rentre du travail, et voilà l'horloge qu'elle doit suivre au cours de sa journée, un meuble de famille avec des poids et des chiffres romains qu'elle doit remonter tous les quatre jours. Sinon, elle n'a rien à faire dans ces pièces-là, et les enfants n'ont pas le droit d'y jouer. Ingrid se demande pourquoi elle a eu peur, elle se dit que c'est peut-être elle qui a hésité trop longtemps, là-bas, sur l'île, et que ce n'était pas le monde qui ne voulait pas d'elle, elle s'est peut-être trompée à ce sujet et elle n'a pas l'intention de recommencer, car le soupçon que c'est peut-être sa mère qui l'a retenue, la solitude de Maria, cette pensée ne l'effleure pas.

40

Après la période heureuse de la confirmation au presbytère, la transition vers la vie chez le fils du directeur de l'Usine ne fut pas si déconcertante que ça. En revanche, elle fut compliquée. En premier lieu, les enfants n'étaient pas comme ceux du pasteur. L'aîné avait sept ans et, pour une raison indéterminée, il n'allait pas à l'école. Il s'appelait Felix et il criait comme une bête quand il n'obtenait pas ce qu'il voulait, à ce moment-là, sa mère quittait la pièce et le confiait à Ingrid.

Le deuxième était une petite fille de trois ans, Suzanne. Elle passait beaucoup de temps dans un berceau assez grand pour un adulte, sinon, elle était dans les bras de sa mère ou d'Ingrid et ne semblait s'intéresser à rien. Ingrid la promenait dans un petit chariot à caisse d'osier décoré avec des fleurs peintes, à l'intérieur de la maison, parfois dehors quand on l'envoyait faire les courses ou chercher du poisson à l'Usine.

Ingrid appréciait ces sorties à la boutique, c'était l'événement quotidien, avec l'enfant dans le chariot qui lui donnait l'air d'avoir cinq ans de plus et d'être une personne responsable. Elle faisait attention à la manière dont elle s'habillait, elle répondait aux gens dès qu'ils lui adressaient la parole, elle souriait et ils lui parlaient encore plus, Ingrid était un de ces êtres aussi étonnants que peut l'être une jeune fille gentille et sociable qui vient des îles.

Mais il y avait cette enfant toute molle qui n'était pas encore propre ni capable de se tenir assise, et encore moins de faire un pas toute seule. Ingrid pensait qu'elle était peut-être malade. Zezenie ne voulait pas en entendre parler, Suzanne était juste un peu fragile. Cela semblait plus distingué, comme s'il s'agissait de porcelaine.

Il y avait aussi quelque chose d'étrange avec sa mère, ou peut-être était-elle normale eu égard à sa condition sociale. Elle pouvait être en train de coudre et se lever soudain en poussant un petit cri, pour disparaître à l'Usine où son mari Oskar régnait depuis que son père était invalide, elle revenait avec un sourire aux lèvres ou ravagée par les larmes et les cheveux en bataille, voire, parfois, en affichant les deux états d'esprit à la fois. Dans ces moments-là, il lui arrivait de reprocher à Ingrid d'avoir donné à manger à Felix, alors que cette dernière y était obligée pour le calmer un peu, et surtout parce que l'heure avait sonné.

La mère tapotait prudemment la tête de son fils, comme si elle craignait de se brûler, puis elle montait à l'étage pour se coucher, non sans avoir d'abord ouvert la fenêtre et aéré, or Ingrid n'avait jamais entendu parler d'aérer une pièce où cela ne sentait ni la cuisine ni la fumée. Elle ne se montrait plus jusqu'à bien après la tombée de la nuit, à l'heure où Ingrid avait donné à dîner aux enfants depuis longtemps et où son mari rentrait à la maison, s'installait dans la pièce du fond et fumait la pipe.

De la cuisine, Ingrid pouvait entendre les époux rire, se disputer, se crier dessus, puis rire à nouveau, dans une succession si rapide et fluctuante que, au bout d'une semaine, elle se mit à se coucher tôt, car cette forme épuisante de comportement se répétait à table, et elle avait l'impression de ne pas réussir à répondre convenablement à leurs questions, ni à suivre le pourquoi de leurs rires.

Le fils du propriétaire de l'Usine était poli et distant, confus et enjoué. Il collectionnait les timbres dans un gros album, ainsi que les gravures de Napoléon et des souverains danois et suédois qui avaient régné sur la Norvège, il les posait sur la grande table du salon et c'était le travail d'Ingrid de les ranger ensuite dans le bon ordre. Il avait aussi l'habitude de la regarder fixement et de lui adresser des clins d'œil quand Zezenie ne le voyait pas. Et puis, il ne savait pas couper le poisson, il posait un gros morceau de morue dans son assiette, il y plongeait la fourchette et enfournait la chair, la peau et les arêtes dans la bouche, pour retirer ensuite tout ce qui n'avait pas sa place dans l'estomac, ce qui était très peu pratique quand il devait parler en même temps.

En outre, il portait des lunettes qui étaient toujours embuées. Ingrid lui demanda si elle devait les nettoyer. Il la dévisagea alors avec un regard si curieux qu'elle ne saisit pas sa réponse. Elle se dit qu'il avait des soucis, qu'il cachait une fragilité, comme son fils auquel il ne parlait jamais ; c'était une maison où les parents et les enfants vivaient chacun dans un monde.

Tout cela impliquait que les petites déceptions se succédaient l'une après l'autre dans une demeure riche où tout aurait dû répondre aux attentes d'Ingrid.

Il n'y avait pas non plus beaucoup à faire, ils n'avaient même pas d'animaux, et une vieille femme d'une petite ferme derrière l'église venait chaque semaine pour laver les neuf pièces, à l'exception de la chambre d'Ingrid et de la cuisine qu'elle devait nettoyer elle-même, au savon noir. Elle arrivait la nuit et repartait la nuit, Ingrid constata que, souvent, elle n'était même pas payée. Zezenie la regardait, toute honte bue, et disait qu'elle n'avait pas d'argent aujourd'hui, Ingeborg pouvait bien continuer à faire ses courses à crédit, n'est-ce pas ?

La vieille dame ne disait jamais rien, elle était muette et voûtée, il flottait autour d'elle une odeur étrange – la friture ? Mais elle faisait « Chut ! » aux enfants comme s'ils la gênaient, ce qui n'était pas le cas, Ingrid y veillait, d'ailleurs, Ingrid veillait presque à tout, elle avait fait sienne cette maison, y compris les habitudes bizarres, elle commençait à la défendre, y compris à ses propres yeux, et à considérer la manière dont le maître de maison mangeait le poisson comme normale elle aussi.

Cela faisait à peine trois mois qu'elle était là quand, un soir, un employé de l'Usine vint annoncer qu'Oskar Tommesen avait bien pris le bateau pour la ville comme prévu, mais qu'il n'était pas rentré.

Il pouvait y avoir maintes raisons à cela, mais aucune n'était plausible, et Zezenie passa le reste de la soirée à traîner dans la maison en se tordant les mains, incapable de répondre aux questions qu'Ingrid avait appris qu'il convenait de poser de temps à autre, en tant que domestique.

Comme son mari ne revint pas le lendemain, ni le surlendemain, elle cessa tout bonnement de s'intéresser à ses enfants, elle erra comme un fantôme négligé, elle dressa l'inventaire des meubles et des effets de la maison dans un cahier, puis elle commença à trier et à emballer ce qu'elle pouvait dans de grosses malles. Elle fit du bruit et garda la lumière allumée pendant trois jours et deux nuits. Puis elle disparut à son tour, sans un mot. Elle n'était plus là un matin où Ingrid se leva pour allumer le poêle et préparer le café, il n'y avait aucune lumière et il régnait un grand silence, un silence plus profond que jamais.

Elle attendit que les horloges sonnent, elle fit se lever les enfants, elle leur donna à manger et se mit à attendre. Il ne se passa rien. Elle frappa à la porte de la chambre du couple, pas de réponse, elle jeta un coup d'œil, un lit double, fait, et pas âme qui vive. Ingeborg vint pour faire la lessive, visiblement, elle comprenait ce qui s'était passé, oui, elle était donc finalement arrivée, cette faillite que tout le monde attendait, ce n'était peut-être pas écrit dans les astres, mais on pouvait le lire entre les lignes du journal.

Ingrid ignorait ce qu'était une faillite. Elle ne lisait pas non plus le journal qui était déposé trois fois par semaine ; la vieille femme marmonna que les Tommesen étaient sûrement partis en Amérique et, là, tout se brouilla dans la tête d'Ingrid.

Ingeborg n'avait même pas ôté son manteau, elle était assise dans la grande cuisine vide, elle buvait un café pour la première fois dans une tasse en porcelaine au bord doré, et elle déclara que tout était allé à vau-l'eau depuis que le vieux était tombé malade.

Ingrid ressentit un soulagement confus en comprenant que, en tout cas, cela n'avait rien à voir avec elle. Pourtant, cela la concernait vraiment, car c'était elle qui se retrouvait avec deux enfants qui n'étaient pas les siens. Et les planchers ne seraient pas récurés aujourd'hui,

Ingeborg vida son café et dit qu'elle ne reviendrait pas.

« Mais qu'est-ce que je vais faire ? s'écria Ingrid.

— Oui, qu'est-ce qu'on va faire ? » répondit la vieille femme avant de sortir.

Ingrid regretta de n'avoir pas pleuré depuis si longtemps, car aujourd'hui, alors que personne ne la voyait, c'était trop tard.

41

De sa fenêtre, Ingrid avait vue sur la mer et les îles. Barrøy était plus sombre que les autres, peut-être parce qu'elle avait plus d'herbe que de rochers et de montagnes. Elle la regardait chaque soir, lui disait bonne nuit, la retrouvait au matin, parfois nette, parfois comme une ombre flottante, aujourd'hui c'était l'automne et l'on ne voyait rien.

Elle se leva, prépara à manger, éteignit les lampes et joua avec les enfants, elle alluma les lampes et joua avec les enfants, elle donna le bain à Felix, prépara le dîner, mit Suzanne au lit, puis Felix qui ne demanda pas sa mère une seule fois, il se mit à courir dans la maison et à frapper les meubles avec un bâton qu'Ingrid lui enleva, ce qui déclencha de nouveaux hurlements.

La nuit suivante, elle ne dormit pas du tout. Mais elle se leva à nouveau à six heures du matin, prépara le petit déjeuner pour trois et mangea seule, elle attendit à côté de deux assiettes inutilisées que l'heure sonne, elle réveilla les enfants, leur donna à manger, les habilla et sortit se promener dans le village, il plut. Elle aurait dû aller voir quelqu'un et demander ce qu'elle devait faire.

Mais qui ?

Elle alla au presbytère, mais il n'y avait pas de lumière. Elle rentra, joua, mangea, fit la vaisselle, alluma les lampes et remonta les horloges, heureusement, il n'y avait pas de lessive aujourd'hui.

Elle dormit comme une pierre.

Mais fut réveillée par le silence. Et par ses larmes. Elle ouvrit la fenêtre, écouta la mer et se rendormit, elle se leva, descendit, mit le couvert pour trois adultes et deux enfants, elle était la seule grande personne, elle attendit que le jour apparaisse aux fenêtres, elle réveilla les enfants et obligea Felix à s'habiller, et elle lui mit une claque quand il commença à crier. Elle descendit avec Suzanne, et Felix les suivit en pleurnichant, à moitié habillé. Elle l'aida à mettre le reste de ses vêtements et dit qu'un enfant de sept ans qui n'est pas capable de s'habiller, c'est une honte. Il partit en courant, en chaussettes, elle le poursuivit, le ramena et le força à s'asseoir à table. Après le petit déjeuner, elle l'aida à enfiler son manteau et ses chaussures, elle habilla Suzanne, et elle alla au quai avec les deux enfants, pour attendre le vapeur.

Le bateau arriva sous une neige légère, il déchargea, prit du lait et du poisson et repartit.

Mais que voulaient donc dire ces regards par en dessous ?

Ils firent une promenade au village, au cas où on les observerait encore. Mais personne ne les arrêta, personne ne posa de question et tout le monde trouvait qu'elle était bien gentille de promener ainsi ces deux gosses de richards. Elle rentra à la maison, alluma les lampes, prépara le repas, donna un bain à Suzanne, elle lui parla jusqu'à ce qu'elle s'endorme. Suzanne ne mentionna pas sa mère non plus.

Le lendemain, le vapeur vint également.

Et repartit.

Ingrid fit le tour du village avec les enfants. Sans se faire remarquer. Margot, à la boutique, dit que les parents rentreraient sûrement, mais elle ajouta aussi qu'Ingrid ne devrait pas prendre toutes les affaires qu'elle avait posées sur le comptoir, car qui allait payer ?

Ingrid lui adressa un regard interloqué.

On parlait bien de nouveaux propriétaires pour l'Usine, mais…

Encore une nuit sans sommeil. Et le lendemain matin, il n'y avait pas de propriétaires, ni anciens, ni nouveaux. Ingrid fit sa petite valise, elle alla au quai avec les deux enfants, elle vit le vapeur arriver et repartir.

Mais il y avait aussi le bateau du ramassage du lait, on chargeait des bidons vides à bord du bateau de pêche transformé, le bateau de Paulus, l'ami d'enfance de son père.

Ingrid franchit la passerelle avec Suzanne sur un bras et Felix qui lui donnait la main, elle dit qu'elle voulait monter jusqu'à Barrøy. Par la vitre de la timonerie, Paulus dit qu'il n'en était pas question. Ingrid redescendit à terre, elle prit sa valise et le petit chariot, elle y déposa Suzanne qu'elle recouvrit de couvertures, elle s'assit sur le pont en coinçant le chariot entre ses genoux. Felix s'assit à côté d'elle. Paulus descendit sur le pont et répéta qu'il ne pouvait pas les prendre avec lui, ou alors il avait besoin de l'autorisation des parents ; en outre, le temps était mauvais, il n'était même pas sûr de pouvoir s'arrêter à Barrøy. Ingrid ne répondit pas. Elle se mit à pleurer, sans bouger. Felix resta muet.

42

Ils furent accueillis par Barbro et Maria qui étaient là sur le quai, comme tombées du ciel, avec deux bidons de lait ; les deux femmes regardèrent fixement le pont où Ingrid s'était endormie et se réveillait à l'instant, raide de partout. Les enfants avaient eu le mal de mer et vomi. On les descendit à terre avec peine, Paulus pesta et les souleva l'un après l'autre, ainsi que le chariot qui n'était d'aucune utilité sur l'île. Mais elles purent le porter entre elles, comme un brancard, avec Suzanne allongée dedans.

Felix reprit ses esprits et marcha tout seul. Et il tint la main d'Ingrid.

Ingrid répéta son histoire trente-six fois lorsqu'elles eurent regagné la chaleur de la maison, et elle s'endormit sur le banc de la cuisine, ivre de paroles, débordante d'un sentiment sur lequel il est difficile de mettre un mot, le soulagement d'être rentrée à la maison, cette cellule d'isolement en pleine mer, avec deux enfants étrangers qu'elle ne supportait pas.

Deux jours plus tard, Maria alla au village dans l'espoir d'éclaircir le mystère, mais elle rentra, sans succès ; le grand-père des enfants n'était pas capable de s'expliquer et la femme du pasteur n'était toujours pas rentrée. Quant à Margot, à la boutique…

Une semaine de plus s'écoula.

Avec du mauvais temps et deux jours sans ramassage du lait. Maria retourna au village une fois de plus, avec le même résultat.

Entre-temps, Suzanne dormit avec Ingrid, tandis que Felix dormait seul dans le grand lit de la Salle Nord. Il avait cessé de crier après avoir essayé une fois, Barbro l'avait fait taire et l'avait forcé à aller à l'étable pour lui apprendre à traire, car son fils à elle savait le faire, même s'il était un homme. Felix pleura, il se débrouilla pour traire et ne dit jamais que sa famille lui manquait. Il demanda des jouets, on lui donna des outils. Puis il cessa de pleurer. On lui donna des vêtements trop petits pour Lars. Au bout de trois jours, il sortit en mer avec Ingrid pour pêcher à la dandinette, même s'il ne savait ni ramer ni nettoyer le poisson, lui, un garçon qui avait grandi à côté d'une usine de poissons.

Mais Ingrid était patiente et, dans les eaux autour de Barrøy, elle était chez elle. Felix écouta, il tâtonna, et l'accompagna encore le lendemain. Il allait chercher du bois et de la tourbe quand on le lui demandait, il faisait tourner l'écrémeuse avec Barbro ; dans la maison, Suzanne rampait sur le plancher, elle babillait et l'on aurait cru qu'elle avait l'intention de se mettre debout d'un instant à l'autre.

Elle apprit à être propre avec la chaise de Lars. Maria la tenait entre ses genoux, la lâchait, elle tombait. Barbro fit pareil. Suzanne tombait, rampait, tombait ; le même soir, Felix grimpa sur les genoux de Barbro et il fut impossible de le faire redescendre. Elle ne bougea pas jusqu'à ce qu'il s'endorme. Puis elles le mirent au lit. Et Ingrid sentit cette force que seul un oiseau connaît, quand il est perché sur le sommet d'une montagne, les ailes déployées, et sait qu'il peut laisser le vent faire le reste.

Les enfants étaient là depuis dix jours quand Lars rentra de l'école à Havstein. En bateau, à la rame. Il avait pêché en route. Il s'amarra à l'échelle sous le treuil du nouveau quai, il leva les yeux et aperçut une tête inconnue.

« T'es qui, toi ?

— Je suis Felix. »

Lars grimpa, jeta le poisson sur le quai et le nettoya sur le banc de travail pendant que Felix l'observait. Il en fileta la majeure partie, le sala dans une caisse, il coupa en morceaux le reste qu'il mit dans un seau, et il porta ce dernier à la maison avec ses affaires d'école. Felix le suivit. Une fois entré, Lars demanda qui était le garçon. Sa mère lui donna la même réponse. C'était Felix. Ingrid, qui était en train de tricoter à la fenêtre, répondit pareil. Une petite fille était assise par terre, elle mâchonnait le manche d'une gaffe.

« Et t'es qui, toi ? demanda Lars.

— Suzanne », dit Ingrid.

Lars posa le seau de poisson sur le banc à côté des seaux d'eau, à l'endroit précis où sa mère ne le voulait pas. Elle se mit à l'engueuler. Lars ricana. Elle lui demanda si le retour avait été bon. Il dit que oui.

« Oui, il fait beau temps », dit Barbro en commençant à laver le poisson, ce qui n'était pas nécessaire puisque Lars l'avait déjà fait. Il l'observa avec ce même sourire moqueur.

« De quoi que tu rigoles, dis ? fit Barbro.

— De toi », dit-il avant d'aller sous l'auvent pour enlever son manteau et ses bottes. Il rentra et tomba sur Felix qui le dévisageait. Lars s'assit à table. Felix se plaça en face de lui.

« Va chercher des patates », dit Barbro.

Felix sursauta et fila, il revint avec un seau et le donna à Barbro. Elle y jeta un coup d'œil et sembla sur le point de dire quelque chose.

« Qu'est-ce qu'y a, maman ? dit Lars. Y en a pas assez, des patates ?

— Si, si.

— Alors, qu'est-ce qui va pas ?

— Rien du tout. De quoi que tu causes ?

— Oh, je vois bien ce que je vois.

— Oui, et qu'est-ce que tu vois ? »

Lars ne répondit pas. Il posa le regard sur Ingrid et il attendit qu'elle lui demande s'il avait vu la Nelly à Havstein. Lars réfléchit et dit oui.

Ingrid tricotait, elle lui demanda : « Comment elle va, la Nelly ? » Lars haussa les épaules et regarda le tricot. Il lui demanda ce que c'était. Elle le leva et lui montra la manche d'un pull. Il tendit la main au-dessus de la table et la toucha.

« C'est pour qui ?

— Pour moi. »

Ingrid mit la main dans la manche et la lui montra, elle ferma le poing et l'ouvrit, écartant les doigts comme des pétales, comme lorsque Zezenie essayait des robes, il y avait un bord de côtes autour du poignet et un motif d'étoiles sur le bras, la laine était bleue et les étoiles blanches, elle l'avait teinte elle-même. Lars acquiesça. Ingrid se remit à tricoter. Maria rentra de l'étable et découvrit Lars, elle posa le seau de crème, prit un hareng dans le garde-manger, elle jeta un coup d'œil à Lars et dit :

« Il faut que tu ramènes la prame, il va faire vilain.

— Après le repas, répondit Lars.

— Tout de suite ! » répliqua Maria avant de ressortir.

Lars regarda Felix qui le dévisageait encore.

« Tu viens avec moi ?

— Oui », dit Felix.

43

La veille du jour où Lars devait retourner à l'école, le bateau de ramassage du lait ne put accoster à Barrøy, mais il le put deux jours plus tard. Lars était resté bloqué sur l'île par le mauvais temps.

Hans Barrøy, lui, descendit sur son île, il rentrait du chantier de chemin de fer un bon mois plus tôt que prévu. Il portait un tuyau noir autour du buste, comme une bandoulière, une caisse en bois fut hissée à terre avec son sac de marin. Personne ne comprenait pourquoi il revenait maintenant.

Mais ils étaient contents.

Quel soulagement de voir un homme rentrer sain et sauf chez lui, même s'il arrive à l'improviste. Il y a la crise dans le pays et dans le monde, des faillites et des budgets réduits, des gens doivent quitter leurs fermes, d'autres perdent leur travail, et les gars de l'équipe d'artificiers dans laquelle il était le contremaître ont été renvoyés chez eux avec pour salaire à peine de quoi couvrir ce qu'ils avaient déjà dépensé. En outre :

Le tuyau était un tuyau pour l'essence, mais il était neuf et propre et pouvait acheminer l'eau aussi bien que l'essence, il y avait aussi une pompe, un filtre et des pièces détachées. Il les avait dans la caisse, ainsi que des outils pour fileter les tuyaux en cuivre ; ils auraient finalement l'eau courante dans la cuisine, cela aurait dû être fait depuis longtemps, et il fallait s'en occuper maintenant, avant que le sol ne gèle.

« Mais tu es qui, toi ? » dit-il à Felix qui arriva en tenant la main de Barbro, il ressemblait à Lars bien plus que les autres ne s'en rendaient compte. On aurait dit un double de Lars, par ailleurs, il portait ses vêtements.

À côté de lui, il y avait le vrai Lars, un homme de douze ans qui demanda à sa mère s'il pouvait rester, il ne voulait pas retourner à Havstein. Elle lança un coup d'œil à Paulus, à bord du bateau, il attendait sur le pont, les mains sur les hanches, alors qu'est-ce que je fais, je peux récupérer mes amarres ?

Avant que Barbro n'ait le temps de répondre, Lars laissa tomber son sac sur le quai et partit en courant vers le sud de l'île. Ils le regardèrent s'éloigner. Hans dit à Paulus :

« Tu ferais mieux d'y aller. »

Hans lâcha les amarres. Paulus les tira à bord, il secoua la tête et disparut dans la timonerie. Ils rentrèrent à la maison avec les sacs, la caisse, un tuyau d'essence et deux bidons de lait vides ; cette liaison maritime qu'ils avaient avec le reste du monde était comme une horloge, même si elle n'était pas aussi bien huilée.

Le lendemain, Hans envoya les enfants dans toute l'île pour ramasser de la mousse dans les corbeilles à tourbe. Il perça un trou dans le mur sous le garde-manger et, avec Lars, ils passèrent les jours suivants sur le dos à installer un coffrage en bois de dix mètres de long sous les poutres du plancher. Felix et Ingrid restaient à l'extérieur et leur passaient les matériaux quand ils le demandaient, car le puits était au sud et la cuisine au nord. Puis ils percèrent un trou dans le mur du puits et montèrent le filtre un bon mètre au-dessous de la surface, ils firent passer le tuyau dans le coffrage en bois, percèrent un trou dans le plancher et tirèrent le tuyau dans la cuisine, il était juste cinquante centimètres trop long. Puis ils montèrent la pompe sur l'évier et la raccordèrent au tuyau.

La mousse n'était pas encore sèche. Elle fut étalée dans le grenier de la grange et devait servir comme isolant autour du tuyau, dans le coffrage. Il n'avait pas encore gelé.

La question était de savoir s'il fallait se dépêcher.

Oui, et Hans se mit à faire sécher la mousse dans la cuisine dans huit caisses à poissons qu'il accrocha au plafond, au-dessus du poêle. Cela embauma l'été dans la maison, les foins, en particulier dans la chambre de Felix et Lars, qui dormaient ensemble dans la Salle Nord, qui avait également une trappe dans le plancher.

Il prit le canot et se rendit à l'Usine, et il essaya de parler avec l'ancien propriétaire. Un couple âgé s'occupait de lui contre une somme qu'ils ne touchaient plus, il marmonna qu'une tragédie s'était abattue sur son fils. Il était au courant pour les enfants, il sanglota et déclara :

« Il faut qu'ils restent là où ils sont.

— Où ça ? demanda Hans. Sur Barrøy ? »

Le vieil homme regarda fixement le mur.

Hans avait connu cet homme pendant toute sa vie, c'était un prince et un chef sur la côte, il l'avait maudit maintes fois, cet homme qui vivait du travail des autres, mais le voir ainsi alité, résultat pitoyable de son existence, ne lui apporta rien.

Il repartit et alla trouver le pasteur qui était rentré après avoir passé l'automne dans la paroisse voisine.

Johannes Malmberget avait également entendu parler des enfants et des tourments d'Ingrid, mais il excusait les villageois par la vision que tous partageaient sur les riches, car la vie est un enfer. Tout laisse à croire que le jeune Tommesen s'est ôté la vie, déclara Malmberget à voix basse. Et sa femme est enfermée dans un asile à Bodø, il convient donc de faire montre de mesure dans la méchanceté à leur égard. Il en parlerait dans son prêche de dimanche, il était d'ailleurs en train de l'écrire.

Est-ce que Hans avait envie de prendre un petit verre ?

Oui, merci. Il prendrait volontiers un verre.

Il en but trois. Et ils n'avancèrent pas plus, ils allaient attendre, Zezenie avait sans doute de la famille et celle-ci se manifesterait peut-être, même si le pasteur n'y croyait guère. Hans ne comprit pas vraiment pourquoi. Une idée lui traversa alors l'esprit :

« Tu peux pas les prendre ?

— Qui ça ?

— Les petits.

— Quoi ?

— Oui, toi. »

Johannes Malmberget baissa les yeux sur ses genoux, son regard erra sur les murs avant de se reposer sur Hans Barrøy, il le baissa, comme s'il demandait pardon, il murmura que l'assistance publique au village était ce qu'elle était, les enfants étaient riches, ou l'avaient été. Et les deux regards se livraient une petite bataille muette précisément sur *cela,* car que fait-on des riches quand ils deviennent pauvres, c'est la logique inversée, l'histoire à rebours, c'est aussi absurde que de l'eau qui coulerait à l'envers.

Karen Louise apparut sur le seuil et l'on aurait cru qu'elle avait l'intention de leur proposer quelque chose, mais elle s'éclipsa aussitôt ; les deux hommes restèrent un moment immobiles, puis Hans Barrøy se leva, remercia pour les verres et serra la main du pasteur.

Le pasteur le remercia à son tour.

Hans Barrøy fit des courses à la boutique, il acheta plus que ce que ses moyens lui permettaient, comme toujours, mais il jouissait encore d'un certain crédit, il traversa le fjord sous une lumière du soir toute rosée qui annonçait un changement de temps, un vent d'est et du gel. Il songea à la mousse dans les caisses dans la cuisine et marmonna :

« *Matutinum, matutinum…* »

C'était du latin et cela signifiait « matin, matin », il l'avait vu dans un recueil de prêches au chantier et ces mots s'étaient gravés en lui, un peu comme des objets de décoration agréables à avoir dans la bouche ; il était rarement d'humeur solennelle après être rentré sur son île, lui qui connaissait toutes les ficelles de la nostalgie sans sombrer pour autant, cela avait été tranché une fois pour toutes chez le pasteur, quand tout s'effondre, l'île tient bon, il le savait bien, mais il ne l'avait pas senti d'une façon aussi religieuse alors que le monde allait de travers et qu'il avait un fardeau plus lourd que jamais sur les épaules ; c'est ce qu'il pensait à l'instant où il amena la voile devant le débarcadère, le canot fila sur les dernières brasses, et le fer de la quille glissa sur les rondins.

Mais il ne monta pas à la maison.

Il prit les courses, rentra le bateau, s'assit sur le seuil, sortit sa pipe et remarqua qu'il n'arrivait pas déplier les doigts de la main droite, comme s'il tenait encore la barre. Il resta assis, à fumer et à contempler la lumière rose qui vira lentement au bleu, au nord. C'est là qu'ils le trouvèrent, mort.

Il était tellement raide que l'on aurait cru qu'il était encore assis quand ils le mirent sur le côté. Ils ne parvinrent pas à le redresser et ce spectacle était insupportable, ils posèrent une couverture sur lui ; et celui qui eut la force de remettre le canot à l'eau et d'aller prévenir au village, ce fut Lars.

44

Ce fut la mort la plus absurde le long de cette longue côte. Hans Martinsen Barrøy n'avait pas cinquante ans et il était fort comme un ours. Le pasteur Malmberget vint avec la bouche débordante de mots tels que hantise et souffrance, sans oublier des termes marins, car il n'oubliait jamais où il œuvrait et il avait toujours aussi peur de la mer. Y avait-il rien de plus abominable que les vagues, se dit-il lorsqu'il arriva sous la pluie et, de ses yeux noyés, constata que Maria avait les mains posées sur les genoux et qu'elle était muette. Sa fille Ingrid également.

Et que dire du regard de ce Lars ?

Barbro lui tournait le dos, elle disputait la petite gamine et ne vit pas le pasteur ; la vie s'était effondrée et Johannes Malmberget dut prendre toutes les décisions seul, faire transporter le corps et organiser les funérailles.

Le jour dit, Adolf de Malvika et Thomas de Stangholmen vinrent chercher la famille sous une tempête terrible pour les conduire à l'enterrement le plus rudimentaire jamais organisé par le pasteur, lequel finit par serrer les mains et prononcer ses formules rituelles. Il viendrait les voir sur l'île régulièrement, et il s'arrangerait pour les enfants. Pour entendre alors les seules paroles dites par Maria au cours de ces jours-là : avait-il aussi l'intention de lui prendre les enfants ?

Le lendemain de l'enterrement, Lars se leva et alluma le poêle, il détacha les caisses suspendues au-dessus de celui-ci, il réveilla Ingrid et lui dit de préparer le café pour Maria et Barbro. Ingrid ne voulait pas se lever.

Lars lui dit qu'elle n'avait pas le choix.

Il y avait quelque chose de particulier dans son regard.

Il passa le reste de la journée avec Felix sous le plancher à mettre de la mousse dans le coffrage, et à le refermer. Puis ils rebouchèrent le trou dans le mur. Lars avait arrêté l'école, c'était évident à quiconque avait des yeux pour voir. Il prit la prame et des outils pour se rendre sur Moltholmen, il enfonça un piton dans la roche. Felix l'accompagnait, il tenait un chiffon autour du trou pour qu'il n'y ait pas d'étincelles quand il cognait avec la masse. Felix demanda à quoi cela allait servir.

Lars lui dit qu'il verrait bien.

Ils rentrèrent à Barrøy, prirent cinq filets dans la remise, retournèrent sur Moltholmen avec un palan et une corde lestée, ils fixèrent le palan, firent passer la corde dans le palan et rentrèrent à Barrøy, où ils fixèrent un autre piton. Puis ils tirèrent cinq filets attachés les uns aux autres et bloquèrent la moitié de la passe, ils tirèrent encore un peu pour qu'ils soient bien au milieu.

Barbro les avait observés depuis la maison et leur demanda ce qu'ils fabriquaient. Lars répondit que, désormais, ils pourraient pêcher à partir de l'île, même par mauvais temps, il y avait de la morue et du lieu qui passaient par là, et du flétan, en été, ils prendraient même du saumon. Il voulait également fermer la passe entre Barrøy et Gjesøya, et celle entre Barrøy et le plus proche des îlots de Skarvholmen, cela ferait quinze filets en tout.

Barbro secoua la tête.

Lars déclara que c'était quelque chose que Hans avait dit qu'il ferait quand il serait vieux et qu'il ne pourrait plus monter dans un bateau. Barbro rentra à la maison et expliqua à Maria ce qu'ils fabriquaient. Maria ne réagit pas, Ingrid et elle avaient chacune leur tricot sur les genoux et on aurait dit qu'elles se mimaient mutuellement. Barbro se mit à préparer le repas. Désormais, Suzanne parvenait à se tenir debout, à la table, et à mordre le côté de la table. Personne ne riait en la voyant. Elle tomba, se releva, mordit la table et resta debout. Ingrid pleurait en tricotant quand Lars entra dans la pièce et dit qu'il fallait qu'elle l'accompagne à Gjesøya, la passe était trop large, le temps trop mauvais et Felix trop petit.

Felix le suivait et cria qu'il n'était pas trop petit.

Ils partirent tous les trois, fixèrent un piton sur la pointe sud de Gjesøya et un sur chacun des îlots de Skarvholmen, puis ils posèrent trois filets dans la dernière passe. Le soir était tombé. Ils allèrent à la nouvelle remise, coupèrent des morceaux de poisson salé, prirent des pommes de terre dans la resserre et rentrèrent à la maison. Barbro dit qu'il était temps qu'ils rentrent.

« Suzanne peut se tenir debout », dit-elle en lavant les pommes de terre, pendant que les autres observaient Suzanne. Lars posa les yeux sur Maria et vit qu'elle dormait, les yeux grands ouverts. Il dit que c'était la première fois qu'ils avaient assez de chaises sur Barrøy.

« Non, ce n'est pas vrai », dit Maria.

Ce furent ses seules paroles ce jour-là.

Le lendemain, elle ne dit rien.

Lars, Ingrid et Felix posèrent des filets et remplirent trois caisses avec de la morue et du lieu, ils nettoyèrent le poisson dans la remise, préparèrent les morues qu'ils allèrent accrocher sur le séchoir, ils filetèrent le lieu et le rapportèrent à la maison, c'était du lieu noir. Barbro en fit des gâteaux de poisson et fit cuire des pommes de terre et des carottes ; Suzanne réussit à faire trois pas avant de tomber. Les jours passèrent ainsi. Sans que Maria ne dise un mot. Ingrid dormait avec sa mère dans la Salle Sud, Felix et Lars dans la Salle Nord, Suzanne avec Barbro. La chambre d'Ingrid restait vide. Personne n'y dormait.

Au bout de dix jours, Lars demanda à Maria s'ils avaient de l'argent, ils avaient besoin de faire des courses. Maria ne répondit pas. Ingrid l'entendit et le conduisit dans la Salle Sud, elle lui montra ce qu'il y avait dans un compartiment du coffre de sa mère, elle lui expliqua qu'ils seraient payés par la laiterie avant Noël, mais c'était peu. Il dit qu'elle devrait l'accompagner à la boutique pour faire des courses avant Noël, et il répéta qu'il ne voulait pas emmener Felix.

« Et pourquoi donc ?

— Il a le mal de mer.

— Toi aussi. »

Lars dit qu'il avait l'habitude et que Felix se cognait trop dans le bateau, en plus, il avait des plaies aux mains qui ne guérissaient pas à cause du sel et du froid. Ingrid dit qu'elle les examinerait. Ils descendirent à la cuisine et demandèrent à Maria ce qu'ils avaient besoin d'acheter à la boutique. Elle ne répondit pas. Par ailleurs, elle commençait à sentir mauvais. Ingrid décida qu'il fallait la forcer à se laver et, en même temps, elle savait qu'elle n'y parviendrait pas. Elle demanda à Barbro ce qu'il fallait faire comme courses. Barbro mentionna plusieurs choses, carottes, sucre… Lars nota le tout sur la page d'un jeudi qu'il arracha de l'almanach et fourra dans sa poche. Puis ils entendirent le signal et descendirent pour accueillir le bateau de ramassage du lait.

Ils échangèrent les bidons. Sur le pont, il y avait une caisse qu'Ingrid reconnut dès que

Paulus y mit une élingue pour la hisser à terre, c'étaient les affaires de Zezenie. Elle prit Paulus à l'écart et lui dit :

« Maman est bizarre.

— Qu'est-ce qu'elle a ?

— Je crois qu'elle est malade des nerfs. »

Paulus attacha la deuxième amarre et les aida à porter la caisse jusqu'à la maison, il la posa sur le banc dans la cuisine et se mit à parler à Maria qui ne répondit toujours pas, et qui ne sembla même pas noter sa présence. Il regarda autour de lui. Lars et Felix le dévisageaient avec des yeux injectés de sang et des traces de larmes salées sur la figure, et des cheveux longs, mouillés et ébouriffés. Paulus leur demanda s'ils dormaient. Lars dit que oui, ils dormaient un peu. Suzanne vacillait près du poêle, elle s'accrochait à la robe de Barbro d'une main et avait l'autre dans la bouche. Barbro lui tournait le dos, elle non plus ne paraissait pas saisir qu'il était là, le capitaine du bateau de ramassage du lait, il est vrai qu'il ne venait jamais jusqu'ici. Puis elle cria soudain à la cantonade que les garçons *ne dormaient pas*, qu'ils étaient tout le temps en mer, c'était affreux, ils allaient faire naufrage.

Paulus dit à Ingrid de l'accompagner au bateau, il avait quelque chose pour elle. Elle le suivit et l'entendit dire que l'état de Maria était grave, il allait prévenir au village et quelqu'un viendrait les aider.

Il monta à bord et prit une lettre, il examina Ingrid du regard et lui demanda si elle ne dormait pas, elle non plus. Ingrid leva les yeux de la lettre et le regarda. Il secoua la tête, ôta les amarres et lui dit de ne pas laisser les garçons prendre la mer, dans leur état, Barbro avait raison.

Ingrid dit oui.

Il monta à bord et repartit dans le vent.

Dans la cuisine, ils avaient ouvert la caisse. Elle contenait un service sur lequel il était écrit *Königzelt, Made in Poland*, il était enveloppé dans des feuilles du journal qu'Ingrid ne lisait pas quand elle était bonne chez les Tommesen.

Ils sortirent les pièces une à une, les empilèrent sur la table de la cuisine et ramassèrent le papier. Il y avait douze grandes assiettes à décor floral, avec des bords dorés, douze grandes assiettes creuses, douze plus petites, douze soucoupes et douze bols. La seule douzaine incomplète, c'était les tasses, il n'y en avait que onze et l'une d'elles n'avait plus d'anse. Il y avait aussi deux saucières et deux plats avec des couvercles pour servir les pommes de terre et quatre grands plats, deux ronds et deux ovales, deux pots à crème de tailles différentes, une cafetière avec un couvercle ainsi qu'un épais plat rond dont il était impossible de deviner la fonction, mais aussi beau que le reste. Barbro dit que l'on pourrait mettre la soupe dedans, et s'en servir comme d'une sorte d'intermédiaire entre la casserole et les assiettes. Au fond de la caisse, il y avait un sac en velours vert avec un cordon doré qui contenait vingt-quatre cuillères en argent minuscules, toutes noircies.

Barbro fit de la place dans le garde-manger. Lars et Felix portèrent la caisse dans la Salle Nord. Ingrid fit cuire du flétan avec quelques gouttes de vinaigre et deux feuilles de laurier dans l'eau, comme Zezenie le lui avait montré. Ils le mangèrent dans les nouvelles assiettes, avec de la crème fraîche. Suzanne en cassa une. Barbro en prit une autre dans le garde-manger et lui dit que si elle la cassait aussi, elle recevrait une raclée. Après le repas, Ingrid soigna les plaies de Felix et lui dit qu'il fallait les garder au sec pendant plusieurs jours. Felix interrogea Lars du regard.

45

Ils ne sortirent pas en mer pendant trois jours, mais pêchèrent au filet à terre, ils vidèrent la plus grande partie des morues et les mirent à sécher, salèrent le reste, ils firent la traite et donnèrent à manger aux bêtes, ils mirent les brebis à paître dehors, mais celles-ci ne supportèrent pas le mauvais temps et revinrent s'agglutiner à la porte de l'étable, elles voulaient sortir quand elles étaient enfermées et rentrer une fois qu'elles étaient dehors.

Et ils n'allèrent pas à la boutique.

Ingrid ne lava pas non plus Maria. Alors que la tempête s'était calmée et qu'ils se préparaient à aller au village, le pasteur Malmberget descendit du bateau de ramassage du lait, accompagné d'un médecin. Ce dernier examina Maria et décida de l'emmener. Ingrid prépara la petite valise qu'elle et Barbro avaient emportée quand elles avaient cru quitter l'île.

Une fois les visiteurs repartis, Ingrid dit à Lars que le tour au village devrait attendre. Lars lui demanda pourquoi, car ils manquaient de presque tout. Ingrid ne répondit pas. Lars ne dit plus rien non plus.

Ingrid enleva les draps du lit de la Salle Sud, les fit bouillir dans la marmite du hangar à bateaux et sécher dans la nouvelle remise. Elle mit des draps propres et dit que Barbro n'aurait plus à se plaindre qu'elle n'avait pas assez de place dans son lit, dorénavant, Suzanne dormirait avec elle. Barbro dit que ce n'était pas nécessaire. Ingrid répondit que c'était elle qui décidait. Barbro sourit et se tut. Les draps de Suzanne furent mis dans la Salle Sud et Ingrid commença à lui apprendre à marcher, de manière systématique et impitoyable, elle l'habillait et l'emmenait partout. Quand il tombait des averses de neige, elles marchaient dans la remise ou dans le hangar à bateaux, ou dans la grande pièce.

Lars et Felix pêchaient, avec un bateau, ou au filet, à terre. Les plaies des mains de Felix cicatrisèrent et se rouvrirent, elles ressemblaient à des bouches blanches et bouffies avec de petites langues rouge vif. Mais il ne tombait plus autant à bord de l'embarcation, et il n'eut plus de nouvelles plaies. Ingrid et Barbro trayaient les bêtes, leur donnaient à manger et préparaient les repas. Chaque jour, Suzanne marchait d'un pas plus assuré et elle avait commencé à parler.

« Le poêle est chaud.

— Oui.

— Le tuyau aussi. »

Deux jours avant Noël, le vent mollit suffisamment pour qu'ils puissent aller faire les courses au village, à la rame, ils n'osèrent pas hisser la voile ; Felix fut malade durant toute la traversée, il vomit et voulut mourir, mais il se ragaillardit dès qu'il retrouva la terre ferme sous ses pieds. Il n'était pas rentré chez lui depuis deux mois. Et la maison était là, noire et grande, avec une girouette qui grinçait derrière de grands arbres dénudés, il ne semblait même pas la reconnaître. Pourtant, il finit par dire :

« C'est chez moi.

— Non », répondit Ingrid.

Ils allèrent à la boutique et achetèrent ce sac de carottes, Lars pesta et jura que c'était la dernière fois qu'ils dépensaient leur argent pour ça, ils auraient leurs propres carottes sur Barrøy. Ils achetèrent aussi de la paraffine, de la farine et ce qu'il y avait écrit sur le jeudi oublié de novembre, sans répondre aux questions de Margot qui se montrait à nouveau aimable, mais Ingrid lui battit froid et Lars la traita de tas de graisse une fois sorti.

Impressionné, Felix éclata de rire. Il ne pensait plus du tout à sa maison d'enfance. Mais Ingrid remarqua autre chose : il n'y avait plus rien de particulier dans le regard de Lars.

Il ne se passa rien de particulier non plus au retour, ils hissèrent la voile, ramèrent ; Barbro et Suzanne les attendaient au débarcadère, elles pleuraient toutes les deux. Ils demandèrent ce qu'il y avait. Barbro ne répondit pas, elle prit le sac de carottes sur son dos et monta. Ingrid dit à Suzanne qu'elle ne la porterait plus dans ses bras. Non, jamais. Elle devrait se débrouiller seule pour aller à la maison, même si elle devait ramper.

Ce qu'elle fit pour les cinquante derniers mètres, après avoir gravi les premières pentes debout.

Le lendemain, c'était presque le calme plat. Le ciel était bleu-noir, il brasillait presque comme la mer. Toute la famille alla sur Skogsholmen pour cueillir les plus beaux rameaux de genévrier en guise de sapin, comme toujours la veille de Noël. Ingrid avait lu la lettre qui accompagnait le service de Zezenie. Elle contenait un secret qu'elle ne partagea avec personne, car il était écrit à l'encre que Zezenie était à l'hôpital à Bodø, mais qu'elle rentrerait bientôt, même si l'Usine et la maison étaient vendues aux enchères, et occupées par des étrangers.

Et ça, Ingrid ne pouvait pas l'accepter.

Sur le trajet du retour, elle déclara que, une fois à la maison, Lars et Felix devraient se laver dans le baquet, dans l'étable, et tant pis s'il gelait. En outre, ils devraient préparer les lignes de leur père pour qu'oncle Erling puisse les emporter aux Lofoten quand il passerait, cela leur permettrait de recevoir au moins une demi-part, et représentait plusieurs centaines de couronnes. Ingrid savait comment on préparait les lignes de fond. Lars aussi. Et Felix pouvait apprendre.

46

Mais ils n'en eurent pas le temps. La barque accosta déjà au quai de Barrøy le lendemain de Noël, avec un oncle Erling furieux à la barre, car ce satané pasteur ne lui avait annoncé la disparition de son frère que l'avant-veille de Noël, par un télégramme qui avait dû passer par de trop nombreuses îles, ce qui faisait qu'ils n'étaient même pas prêts pour la saison. Sa femme, Helga, l'accompagnait, ainsi qu'Arnold, leur fils de dix-huit ans, et trois autres pêcheurs.

« Mais où est Maria ? »

« Non, non et non. Rien ne va ici. »

Ils apportaient un demi-cochon et un petit tonneau de saucisses. Helga, Barbro et Ingrid récurèrent la maison de fond en comble et chauffèrent dans toutes les pièces, même dans la chambre du vieux Martin où Helga s'installa avec valise, bible, nappe brodée et crèche, tandis que l'équipage dormit à bord.

Lars voulait les accompagner aux Lofoten, mais il n'en était pas question, ils travaillaient en pleine mer et il n'avait que douze ans. Lars dit qu'il pourrait rester à terre, dans la cabane, et préparer les appâts.

« Nous avons déjà assez de monde pour les appâts », dit Erling, qui lui ordonna de rester sur Barrøy et de s'occuper de la famille. Et de continuer à aller à l'école. Helga resterait jusqu'au retour de Maria.

« Car elle va bien rentrer, n'est-ce pas ? »

Ils n'en savaient rien.

L'équipage, Lars, Ingrid et Felix s'installèrent dans la remise et préparèrent des lignes pendant toute la période de Noël, ils montèrent les plombs, arrangèrent les flotteurs, les cordes et les baquets, réussirent à préparer deux jeux avec la marque de Hans, ce qui vaudrait une part complète dans les comptes généreux d'oncle Erling. Ils étaient prêts le 3 janvier et firent route au nord par grand frais tandis qu'Ingrid, Lars et Felix restaient sur le quai, avec leurs projets à eux.

De fait, cela ne se passa pas sans heurts avec Helga.

Helga était déçue par l'absence de Maria et ne chercha pas à le cacher. Elle était également agacée que personne ne veuille parler des parents et qu'on lui tourne le dos quand elle cherchait à comprendre ce qui s'était passé. En outre, elle était proprette, pieuse et voulut se mêler de la manière dont sa belle-sœur tenait la maison, comme si Barbro ne savait pas s'y prendre. Et elle refusait que Felix prenne la mer, un garçon de sept ans dans un bateau ouvert, en hiver, cela n'avait pas de sens.

Barbro dit à l'invitée qu'elle ne devrait pas chauffer dans la chambre avec le peu de tourbe qu'ils avaient. Helga ignorait tout des tours de tourbe couvertes de neige, elle grelotta la nuit et on dut lui donner une couette supplémentaire. En plus, elle ne voulait pas aller à l'étable, car elle était fille de patron-pêcheur et avait une bonne à Buøy. Même Suzanne ne voulut pas qu'elle s'occupe d'elle, Ingrid y veilla ; quant à Felix, il ne disait pas un mot quand elle lui demandait quelque chose, il se mettait à côté de Barbro et attendait qu'elle lui trouve une tâche à effectuer. À ce moment-là, il s'exécutait.

Mais cela ne s'arrangea pas avec l'école, Lars resta tout simplement sur l'île, il agissait comme s'il était un homme pour qui la nouvelle venue était transparente. Felix l'accompagnait en mer tant qu'il en avait la force, sinon, c'était Ingrid. Ils mettaient à sécher la morue et mangeaient le lieu qu'ils ne salaient pas, ainsi que l'églefin dont Helga faisait des gâteaux de poisson qu'ils mangeaient dans de la porcelaine polonaise ; deux semaines à peine s'étaient écoulées depuis le Nouvel An que, un soir où elle était assise dans le fauteuil à bascule du vieux Martin, elle regarda Suzanne courir partout sous son nez et déclara qu'il était l'heure pour elle de rentrer chez elle, ici, tout était en ordre.

Deux jours plus tard, elle prit le bateau de Paulus, avec bible, crèche et toutes ses affaires.

Ingrid fut la seule à la serrer dans ses bras. Toutefois, Barbro sourit gentiment avec Suzanne, et elle expliqua à la petite fille comment elle devait faire au revoir à un bateau qui s'éloigne d'une île.

« Allez, on agite la main. »

Lors de son passage suivant, Paulus lança les deux amarres et descendit sur le quai, il voulait avoir deux mots avec Lars. Il demanda s'ils ne pourraient pas lui livrer quelques caisses de morue quand il passait, il n'y avait pas beaucoup de lait en ce moment, ils recevraient presque le même prix que leur payait l'Usine ; cette dernière avait un nouveau propriétaire, un certain Bang Johansen, ils avaient recommencé à acheter du poisson.

« Et pourquoi pas le même prix ? demanda Lars.

— Le transport, dit Paulus.

— C'est pas toi qui le payes.

— Quoi ?

— Le mazout. »

Paulus eut un sourire en coin et dit qu'ils feraient les comptes en temps et en heure. Lars dit qu'ils voulaient un reçu chaque fois que Paulus aurait du poisson, avec le nombre de kilos par caisse, ils avaient une balance sur l'île, alors le poids devrait être correct, et puis ils voulaient être payés immédiatement.

Paulus éclata de rire et dit qu'il n'avait jamais rien entendu de pareil, et qu'il voulait parler avec

Ingrid. Lars alla chercher Ingrid qui dit la même chose. Ils se mirent d'accord, à la différence cependant que Paulus ne paierait pas chaque fois, mais tous les trois passages, c'est-à-dire une fois par semaine et qu'il n'aurait pas à verser d'intérêts quand le mauvais temps l'empêcherait d'accoster. Ils rirent de bon cœur. Ingrid et Lars s'adressèrent des regards curieux.

La semaine suivante, Paulus embarqua 391 kilos, la suivante 443, puis cela descendit à 80 kilos. Et cela parce que, lors d'un passage à la boutique, Lars et Ingrid avaient entendu dire que Paulus ne vendait pas le poisson frais à l'Usine mais qu'il le mettait à sécher sur un séchoir installé sur les rochers devant sa ferme, car le poisson séché est bien mieux payé que le poisson frais et, ce, même s'il ne conserve qu'un quart de son poids. Ils allèrent inspecter son séchoir et constatèrent qu'il était dressé dans les mêmes conditions que le leur sur Barrøy, directement sur la roche. Au cours de la quatrième semaine, ils lui confièrent seulement deux caisses de 18 kilos chacune. Il leur demanda s'ils étaient restés à terre par ce beau temps, ha, ha.

Lars dit qu'ils avaient perdu beaucoup de matériel de pêche, il obtint un reçu écrit pour les 36 kilos et entendit quelques commentaires acerbes au sujet de leur séchoir, là-bas, qui semblait de plus en plus chargé. Lars les ignora et, une fois à la maison, il déclara que désormais ils sécheraient eux-mêmes toutes les morues, ainsi que les brosmes, et les vendraient séchés à l'Usine quand les acheteurs et les contrôleurs venaient en juin, c'était ce que faisaient Hans et Martin autrefois.

Mais Paulus ne se laissa pas démonter et il exigea que, désormais, le poisson soit déjà découpé et prêt à être salé à l'Usine, et pour un prix qu'ils ne pouvaient pas refuser. Ingrid et Barbro vidaient et découpaient les morues dans la remise, elles les pesaient et les mettaient dans des caisses qu'elles garnissaient de neige quand le Seigneur en fournissait, et Paulus payait sans barguigner. Puis il demanda également les dos et les têtes de morue, séchés, comme aux Lofoten. Ils prirent des aiguilles et commencèrent donc à y enfiler les têtes, ils attachèrent les dos deux par deux et les accrochèrent sur le séchoir, cela donnerait du guano, et ils seraient payés pour ça.

Lars avait commencé à faire des comptes, il avait commencé à prendre des notes, à faire des projets et à réfléchir à des nouveautés, il voulut gérer l'argent lui-même. Ingrid n'accepta pas. Ils se crièrent dessus. Barbro trancha, c'était elle qui s'occuperait de l'argent et qui leur donnerait ce qui resterait au printemps. Felix aussi aurait droit à sa part. Lars protesta et dit qu'il travaillait plus dur que Felix.

« C'est pas vrai », dit Barbro, et elle leur demanda ce qu'ils comptaient faire avec les têtes et les dos de morue qu'ils accrochaient sur le séchoir.

« C'est du guano, dit Lars.

— C'est quoi ?

— J'sais pas.

— C'est de l'engrais, dit Ingrid. Pour l'export. »

Barbro demanda ce qu'était l'export.

« C'est pour vendre à l'étranger », dit Felix.

Ils le regardèrent avec gravité.

« Où t'as appris ça ?

— À la maison. »

Ingrid lui demanda s'il y avait autre chose qu'il souhaitait leur apprendre, parmi ce qu'il avait appris *à la maison*. Felix ne sut quoi répondre. Lars traita Ingrid de chipie, elle le menaça avec le couteau à fileter. Barbro leur dit d'arrêter.

« Vous êtes que des enfants, tous autant que vous êtes.

— On n'est pas des enfants, dit Felix. On est des grands. »

Barbro rit et rentra à la maison. Ingrid se mit à fileter et Lars lui dit qu'elle ne découpait pas assez proprement, il restait trop de chair sur le dos. Ingrid lui demanda s'il voulait qu'elle lui montre comment faire. Lars hésita et dit que oui. Elle lui apprit à fileter. Felix les regarda et demanda où elle avait appris.

« Mon papa. »

Lars demanda pourquoi Hans ne *lui* avait pas appris à le faire correctement. Ingrid se retint de lui dire que Hans n'était pas son père *à lui*. Lars se concentra sur le poisson. Felix observa Ingrid et lui demanda :

« On est frère et sœur ? »

Ingrid lui demanda pourquoi il voulait le savoir.

Comme il ne pouvait pas s'expliquer, elle répondit qu'elle et lui n'étaient ni mère et fils, ni frère et sœur. Mais ce n'était pas ce que Felix voulait entendre. Et pendant que Lars était sur le quai pour prendre le reste de la pêche, elle murmura à Felix qu'il était le frère de Lars ; Lars n'en savait rien, il fallait garder le secret. Le regard de Felix se voila. Ingrid ne put le supporter, elle dit qu'elle n'avait plus de temps à perdre et rentra à la maison. Elle songea à la lettre de Zezenie, cela lui arrivait bien trop souvent, elle y pensait plusieurs fois par jour, comme des coups brutaux dans le cerveau, et ça ne pouvait plus continuer ainsi, il fallait qu'elle brûle cette lettre.

47

Février. D'épaisses rafales de neige humide et de l'écume jaune balayèrent l'île. La mer vira au blanc mais ils avaient posé des lignes de fond du côté de la pleine mer et il leur fallait les rentrer avant que le temps n'empire encore.

« Qu'est-ce que tu en dis, demanda Lars. On sort ?

— Oui », dit Felix.

Ils prirent le canot et contournèrent les écueils des Skarveskjærene. À cet endroit, les conditions étaient épouvantables et ils venaient à peine de commencer à remonter une ligne que Felix tomba à la mer, tête la première. Lars le récupéra avec la gaffe, mais il était lui-même tellement épuisé et engourdi qu'il ne parvint pas à se remettre à ramer. Ils dérivèrent vers la terre tandis qu'il serrait contre lui Felix qui ne pouvait plus parler, ils talonnèrent Barrøy dans la passe entre l'île et Moltholmen. Lars descendit le garçon à terre et voulut faire deux choses en même temps : le porter à la maison et sauver le bateau.

Il scruta devant lui dans les rafales de neige et sentit le froid. Tout ce chemin à faire.

Combien de temps faudrait-il ?

Il prit Felix sur son dos et commença à marcher. C'était loin et Felix n'avait pas la force de s'accrocher à lui. Ingrid les vit de la maison, elle se précipita vers eux et les aida pour les derniers mètres. Ils portèrent Felix dans la cuisine, Barbro lui ôta ses vêtements, elle le massa, le frappa, l'allongea sur la table sous une couette, elle continua de le masser pendant qu'il divaguait et claquait des dents. Lars était livide à côté d'eux, il dit qu'il fallait sauver le canot. Et le matériel de pêche. Ingrid lui dit de fermer sa gueule. Barbro dit la même chose, elle ajouta qu'il devait se déshabiller lui aussi, et tout de suite. Il répéta qu'il fallait sauver le bateau et il ressortit. Ingrid s'habilla et courut sur un sentier emprunté par le bétail, elle retourna à la passe où se trouvait le canot battu par les vagues, un trou béant sur le côté. Le gouvernail aussi était cassé. Mais les deux paires d'avirons étaient encore là, ainsi que les deux baquets de lignes vides. Lars ôta son pull et l'enfonça dans le trou, ils utilisèrent les avirons pour dégager le canot et traversèrent la passe avec l'eau qui s'engouffrait, ils contournèrent la pointe près de la remise des Suédois, ils tirèrent le canot, écopèrent et tirèrent une nouvelle fois l'embarcation le plus haut qu'ils purent.

Lars cria qu'ils devaient ressortir avec l'autre canot pour sauver le matériel. Ingrid lui demanda s'il avait complètement perdu la tête. Furieux, il se mit à courir en long et en large. Ingrid lui cria qu'il ne pouvait pas prendre la mer, pas maintenant, il n'était pas dans son état normal. Il grelotta, ricana et demanda si elle pensait que Felix allait mourir. Ingrid dit que non.

Elle aussi eut des frissons et dut aller se coucher.

Felix était allongé dans la cuisine, il délirait. Barbro resta à côté de lui, même la nuit, et Suzanne voulut rester aussi. Elle manqua à Ingrid qui se leva et descendit dans la cuisine se coucher à côté du poêle, disant qu'elle était guérie. Barbro la renvoya à l'étage, elle apporta Suzanne endormie et la coucha à côté d'Ingrid, elle s'assit sur le bord du lit et lui demanda si elle avait peur du noir. Ingrid dit non. Barbro lui demanda si elle avait vu des fantômes. Ingrid répondit oui. Barbro dit que c'était à cause de la fièvre. Mais elle n'avait plus de fièvre. Elle le sentait à son front. Ingrid acquiesça. Quand Suzanne se réveilla le lendemain, elle demanda à Ingrid si elle voulait bien lui apprendre à tricoter.

« Tu es trop petite », dit Ingrid.

Suzanne répondit que maman le disait aussi.

« Quelle maman ? » demanda Ingrid. Suzanne la regarda sans comprendre. « Je croyais que c'était moi ? » ajouta Ingrid. Suzanne ne répondit pas et sourit. Ingrid lui dit qu'elle pouvait la regarder tricoter, *elle*, comme ça, elle apprendrait plus vite quand ce serait le bon moment. Suzanne trouva que c'était bien. Et puis, elle pouvait apprendre à compter, pas seulement sur les doigts, mais les mailles.

48

Lars ne tomba pas malade. Quand le temps se calma, il découvrit qu'il n'avait pas la force de faire bouger le canot couvert de neige. Il alla chercher Barbro. Ils parvinrent à le retourner et à le remonter sur deux rondins, afin de pouvoir examiner le trou dans la coque des deux côtés. Il était plus gros que ce qu'il croyait, un des couples était brisé. Barbro secoua la tête. Lars demanda si Felix allait mourir.

Barbro dit non. Elle lui dit qu'il allait regretter de n'avoir pas été là quand Hans réparait les bateaux.

« Qu'est-ce t'en sais ? dit Lars.

— Il faut être deux », répondit-elle avec un regard éloquent, elle se dirigea vers la maison mais se retourna et lui cria qu'elle pourrait l'aider pour le bordé. Pour le reste, il devrait se débrouiller tout seul.

Lars alla dans la remise où Hans entreposait des matériaux et trouva quelques longueurs de sapin sans nœuds. Il en scia une pièce adaptée, arracha le bordage détruit sur le flanc du canot et l'utilisa comme gabarit. Mais il manquait deux morceaux, il dut faire l'aller et retour pour prendre les mesures, scier, raboter, ressortir encore et mesurer. Quand ce fut terminé, il ne parvint pas à ployer la pièce pour la mettre en place.

Barbro passa et lui dit d'apporter le bordage à la maison, de l'enrouler dans des vêtements humides et de le laisser dans un baquet sous le poêle pendant un jour ou deux, il s'assouplirait. Lars lui demanda si elle pouvait le faire, il n'avait pas envie de rester dans la cuisine et d'entendre Felix délirer, il ne viendrait même pas manger. Barbro lui dit qu'il devait s'en occuper lui-même, elle lui trouverait des vieux vêtements.

Lars dit que ça irait comme ça.

Non, déclara Barbro, il devait également manger.

Il l'accompagna et fit ce qu'elle lui avait ordonné, il jeta un bref coup d'œil à Felix qui tremblait et ne remarqua pas sa présence. Il retourna à la remise et chercha une pièce de bois pour faire un nouveau couple. Il n'en trouva pas. Il y avait deux fenêtres dans la remise, l'une donnait au nord et l'autre au sud. Il resta à regarder par la fenêtre nord, la mer était noire et lisse. Comme du plomb. Comme du goudron.

Et il resta planté là jusqu'à ne plus rien voir.

Il sortit, se cacha derrière le rocher, alla au hangar à bateaux et mit à l'eau l'autre canot, plus ancien que celui qui était abîmé, et qui n'avait pas pris la mer depuis longtemps, il était sec, et il prit l'eau. Mais il était maniable. Lars contourna la pointe nord et descendit vers le sud, dans la passe, quand il aperçut sa mère, sur l'île. Elle agitait les bras.

Il envisagea de l'ignorer, mais sa voix l'attira vers la terre. Il lui demanda ce qu'elle voulait. Elle lui dit qu'il ne pourrait remonter les lignes tout seul. Il cula. Barbro monta à bord, écarta Lars et prit les avirons, elle contourna les écueils des Skarveskjærene et trouva le premier flotteur. Lars remonta la ligne pendant que Barbro manœuvrait et écopait. Ils ne parlèrent pas. Ils remplirent la moitié de l'embarcation, beaucoup de poissons étaient abîmés, mais certains étaient utilisables. Et ils récupérèrent le matériel.

Ils prirent chacun un aviron et regagnèrent le quai et hissèrent le poisson à terre. Lars le fileta tandis que Barbro le disposait dans les caisses, prenait de la neige qu'elle tassait avec le poisson. Quand ils eurent terminé, Paulus accosta au quai, il prit le lait et le poisson dont il se déclara satisfait, même si ce n'étaient pas de grosses prises, et même s'il n'était pas très bien fileté. Lars lui dit qu'il n'y en aurait pas pendant quelques jours et, lorsqu'il voulut expliquer pourquoi, Barbro lui coupa la parole et dit qu'ils devaient réparer le canot.

Paulus acquiesça et remonta à bord de son bateau.

Ce soir-là, Felix cessa de délirer. Ses yeux étaient rouges, vides et brouillés, mais il sourit par-dessus la couette et demanda à boire, et même à manger. Il ne mangea guère, s'endormit rapidement, mais eut un sommeil paisible. Lars demanda une nouvelle fois s'il allait mourir.

La réponse fut la même.

Le lendemain, Lars se leva le premier, il alluma le poêle et regarda Felix respirer. Ce dernier ouvrit les yeux et le dévisagea. Lars lui demanda s'il pouvait parler. Felix fit oui de la tête.

« Comment ça va ?

— Comme ça… »

Felix voulut s'asseoir, mais n'y parvint pas. Lars lui demanda comment ça allait, *maintenant.* Felix marmonna « Comme ça » une nouvelle fois, il resta allongé pendant que Lars lui expliqua qu'il voulait aller à Skogsholmen pour voir s'il pouvait trouver du bois pour fabriquer un nouveau couple. « Il faut que ce soit du pin, dit Lars, mais du genévrier fera aussi l'affaire. » Felix tourna le regard vers la fenêtre où il y avait de la neige sur les croisillons, et il demanda quel temps il faisait. Lars dit qu'il faisait beau. Felix cligna des yeux. Lars descendit au hangar à bateaux et remit à l'eau le vieux canot. Il prenait encore l'eau et il dut écoper à plusieurs reprises, mais il trouva le creux dans la montagne, à arrière de l'îlot, et il s'amarra au piton que Hans avait installé ; il grimpa dans la montagne avec une hache et une scie, et il se mit à chercher. Le jour commençait à poindre.

Il attendit qu'il fasse complètement jour.

Puis il refit nuit quand il tomba une averse de

neige. Il n'y avait pas un bruit. La mer semblait être une mer de goudron. Quand le jour revint, il trouva un vieux genévrier tordu, il se servit de la hache pour dégager les grosses racines de la pente gelée, il pesta car il abîmait le fil de sa hache, il trancha les racines une à une et scia le tronc un petit mètre au-dessus de la base du fût, il faisait l'épaisseur d'un bras, un bras de jeune homme.

Il retourna au bateau, écopa et rentra. Quand il passa Moltholmen, il vit Barbro qui l'attendait. Lars lui demanda ce qu'elle faisait là. Elle lui demanda s'il avait pêché. Il dit non et demanda comment allait Felix.

« Ça va bien », dit Barbro.

Ils halèrent le canot. Lars porta le tronc du genévrier à la remise des Suédois et commença à le scier.

« Il faut qu'il sèche d'abord, dit Barbro.

— Hein ? »

Elle lui expliqua qu'il ne pouvait pas utiliser du bois fraîchement coupé pour un couple, mais c'était déjà mieux d'avoir du genévrier que du pin. Parce que le fait qu'il vienne d'être coupé, c'était un vrai problème. Lars demanda pourquoi. Barbro dit que le genévrier rétrécit moins, et qu'il gonfle moins également, c'est un bois gras et dur. Lars lui demanda ce qu'il devait faire. Elle lui dit qu'il pouvait bien essayer avec le genévrier et elle retourna à la maison ; il démonta le demi-couple brisé et s'en servit comme gabarit. Il travailla jusqu'à la tombée de la nuit.

Quand il vint dîner, Felix était assis sur le banc, drapé dans la couette, et il toussait. Il avait toujours les yeux rougis, mais il mangea quelques miettes de nourriture et demanda d'une voix inaudible si Lars avait réussi à mettre la main sur du bois. Lars dit que oui et déclara qu'il allait border les morceaux demain. Il demanda à Barbro si elle avait mis de l'eau sur le bordage posé dans le baquet sous le poêle. Elle dit oui. Lars repartit travailler. Quand il revint se coucher, Felix dormait seul dans la cuisine.

Le lendemain, il faisait nuit à la fenêtre quand Lars se leva. Il s'habilla, descendit ; Felix dormait encore, en entendant sa respiration, il constata qu'il n'était pas mort.

Il mangea, se rendit à la remise, prit des clous et deux marteaux et s'entraîna à border à clins sur une enclume. Il trouva du goudron et du chanvre, fit chauffer le goudron dans un seau sur un réchaud et coupa deux longueurs de chanvre. Après le déjeuner, Barbro vint le rejoindre et posa un lainage sous le canot, elle le tint pendant que Lars fixait le bordage à l'intérieur de l'embarcation. Le bateau avait désormais un bordage et un demi-couple clairs tandis que le reste était noir comme du goudron. Ils le mirent à l'eau, montèrent à bord et se laissèrent porter par le vent. Quelques gouttes perlèrent. Barbro dit que c'était du bon travail. Et le gouvernail ? Lars dit qu'il le réparerait le lendemain. Ils passèrent la pointe, remontèrent le canot et le mirent d'aplomb. Barbro rentra à la maison. Lars prit quelques seaux, remplit le canot d'eau de mer jusqu'à la hauteur de la réparation pour que le bois gonfle. Quand il s'arrêta, le bois était prêt. Il alla à la remise pour ranger les lignes de fond qu'ils avaient sauvées. Il se demanda s'il ne devait pas les nettoyer également.

Nettoyer du matériel au milieu de la saison ?

Il n'en fit rien, il les accrocha au-dessus du banc à appâts. Il faisait nuit et la neige tombait dru quand il rentra. Il aperçut un visage à la fenêtre de la cuisine. C'était Felix qui s'était levé et qui l'attendait.

49

Le soleil est haut dans le ciel et les oiseaux ont repris leurs tourbillonnements criards, ça étincelle sur les quelques congères de neige bien maigres qui restent encore sur l'île et lui donnent des airs de zèbre. Barbro est à nouveau assise sur sa chaise, dehors, et elle maille des filets. Suzanne ne lâche pas Ingrid d'un pouce, Ingrid qui a fait une découverte dans les premières lueurs du jour, elle a songé que non seulement son père a disparu pour toujours, mais également sa mère, et cette idée est intolérable, cette idée lui tombe dessus comme autant de coups de vent brutaux pour s'estomper ensuite, et ses parents sont toujours là quand elle pense à autre chose tandis que son regard parcourt l'île pour constater que celle-ci n'a pas changé, comme d'habitude.

Elle fit une autre découverte.

Elle s'endormit dans le Bosquet de l'Amour, elle se réveilla, seule.

Elle se leva, regarda alentour et ne vit pas Suzanne. Elle se mit à la chercher et ne la trouva pas. Elle se mit à courir, vers le nord, vers le sud, comme un cheval enfermé. Elle se mit à crier. Elle courut à en perdre haleine, elle cria jusqu'à avoir l'impression que ses tripes lui étaient remontées dans la gorge, de ne plus savoir qui elle était et ce qu'elle faisait. Et elle découvrit Suzanne au sud de l'île, assise sur la rive à côté du radeau, en train de ramasser des coquillages, elle tenait une modiole, blanche comme neige, plus grosse que des mains d'enfants et tout arrondie.

Ingrid comprit qu'elle était devenue mère.

C'était un sentiment épouvantable.

Elle mit les coquillages dans son tablier et ramena Suzanne à la maison, c'était bientôt l'heure d'aller à l'étable. Ingrid lui dit que, quand elle était petite, elle croyait que les coquillages étaient de l'argent, ce sont les choses les plus parfaites que l'on puisse trouver sur une île. Elle en avait ramassé de grosses piles et les avait dispersés sur les rebords des fenêtres de la maison et de l'étable, jusqu'à ce que sa mère lui dise qu'elle devait trouver un endroit pour enterrer son trésor. Elle emmena Suzanne pour le retrouver. Suzanne a dû avoir quatre ans au cours de cet hiver, se dit-elle, et elle se rendit compte qu'elle ne savait même pas les dates des anniversaires des enfants. Quand elle pensa à Suzanne, aux anniversaires et à ce trésor qu'elles ne retrouvaient pas, elle ne pensa à rien d'autre et, une fois encore, l'île avait tout ce qu'il fallait.

Tout change sur une île où il ne reste que des enfants. Et Barbro. Barbro n'a jamais été tout à fait une adulte. Ah oui, Ingrid est-elle une enfant ? Non, cela fait dix ans qu'elle est adulte. Tandis que Lars l'est depuis sa naissance. Ils sont trois adultes et deux enfants. Ils ont eu quinze nouveaux agneaux et ont dû en enterrer un seul, il était noir et la mère n'avait pas de lait, il a fallu en nourrir un autre au biberon. Ils ont également eu trois veaux, c'est Barbro qui s'en est occupée. Ingrid dit qu'ils devraient continuer à drainer sur Gjesøya, poursuivre le travail commencé par Hans. Mais Lars se souvient du silence qui régnait entre lui et son oncle quand ils étaient là-bas, et puis, comme Hans et comme Felix, il a le regard tourné vers la mer. Alors, quand vont-ils se mettre à prendre des pierres des ruines de Karvika et les transporter sur la pointe, au sud de la remise des Suédois, pour construire une jetée ?

Ingrid ne l'écoute pas.

Ils labourent le vieux carré de pommes de terre avec Barbro qui fait office de cheval, parfois avec Lars. Mais ils ne font pas pousser de carottes, ils ne savent pas comment faire. Ils nettoient les outils et réparent les nichoirs des eiders. Et ils ne se lancent toujours pas dans le travail de drainage sur Gjesøya, et ils se demandent *quand* ce sera fait. Ingrid et Suzanne ramassent des œufs, elles les vérifient dans l'eau et les mettent dans le sable humide, dans des petits et des grands barils. Ingrid lui donne deux poignées de duvet et lui apprend la différence entre le duvet qui est bien et celui qui relève du miracle divin. Lars et Felix coupent de la tourbe jusqu'à ce qu'ils en meurent d'épuisement et d'ennui, et Lars dit que c'est le travail le plus merdique qui soit. L'endroit est chaud et humide, même s'ils sont dans un trou frais, on dirait qu'ils sont plutôt en train d'extraire du charbon, ou alors il pleut, et ils sont trempés et couverts de boue dans le même trou, ils se battent avec les vieux outils de Hans, et quand ils hissent des briques de tourbe dans l'herbe, il n'y a personne pour les mettre sur la tranche, et il leur faut grimper régulièrement et le faire eux-mêmes.

Mais ils entendent le moteur Bolinder de Paulus et ils posent les outils, ils sortent du trou et descendent vers le quai au moment même où Ingrid, Barbro et Suzanne quittent la maison, ils arrivent tous en même temps et, sur le pont, à côté des bidons vides, ils découvrent deux dames vêtues de robes et de capes. Ils en reconnaissent une, Karen Louise Malmberget, la femme du pasteur, comme toujours c'est une lumière délicate et éblouissante dans une journée du Nordland. Mais ils ne reconnaissent pas l'autre, c'est Maria Helena Barrøy qui est rentrée de l'hôpital, elle a les cheveux gris cendré et sa peau semble n'avoir jamais vu le soleil, comme celle d'un cadavre dans une tombe.

Mais s'ils ne la reconnaissent pas, elle les reconnaît, elle, même Felix et Suzanne, qui ne se souviennent pas d'elle. Elle monte lentement sur le quai, pose la main sur leurs têtes, elle sourit mollement et réagit par ce même sourire affadi aux sanglots d'Ingrid, Ingrid qui l'avait enterrée pour de bon, en même temps que son père. Barbro aussi est obligée de se détourner, et de s'occuper de la carriole avec les bidons.

Paulus grimpe à son tour sur le quai et demande s'ils n'auraient pas du poisson séché, il est prêt à le payer presque le même prix que celui offert par l'Usine.

« Et pourquoi pas le même ? demande Lars.

— Le transport, répond Paulus.

— C'est pourtant pas toi qui payes le mazout. »

Paulus dit qu'il n'a peut-être pas tort.

« Mais c'est du premier choix ?

— Oui », dit Lars.

Paulus dit que c'est les acheteurs qui décident.

Lars jette un coup d'œil vers Maria, méconnaissable, et vers Ingrid qui sanglote ; la nouvelle venue semble nimbée par une sorte d'auréole et personne n'ose la déranger jusqu'à ce qu'Ingrid la prenne par la main et la conduise à la maison, les autres suivent alors derrière elles ; Lars entend Karen Louise Malmberget dire à Felix qu'il ressemble au Diable en personne.

« Comment as-tu fait ton compte pour être aussi noir ? »

Il entend Felix rire, il se retourne vers Paulus et lui dit qu'ils vont transporter le poisson séché eux-mêmes et le vendre au prix payé par l'Usine.

« Mais vous avez de l'argent ? » s'enquiert Paulus, comme s'il savait quelque chose. Lars dit qu'ils ont reçu une part complète pour le matériel qu'ils avaient aux Lofoten cet hiver. Paulus demande s'ils ont déjà reçu l'argent. Lars dit que oui, Erling est passé il y a un bon mois et a réglé les comptes avec eux, ils ont récupéré le matériel et doivent le préparer pour l'hiver prochain.

« De l'argent *comptant*? réplique Paulus, incrédule.

— Oui », dit Lars, qui trouve que cette conversation commence à s'éterniser, il veut rejoindre les autres et voir s'il reconnaît Maria, malgré tout. Mais Paulus ôte sa casquette et dit qu'il n'a que du deuxième choix sur son séchoir.

« Mangé par les vers ? demande Lars.

— Oui.

— Fait trop chaud là-dedans. »

Paulus remonte à bord avec son air bizarre. Lars enlève les amarres, il a entendu quelque chose qui le turlupine, il se dit qu'il y a quelque chose qu'il ignore, sur le monde, sur les prix et, surtout, sur le nouveau propriétaire de l'Usine. Alors, il ne regagne pas la maison, mais il va au hangar à bateaux, il met le canot à la mer, il rame vers le village et il arrive à l'Usine au moment où accoste un bateau de fret de Bergen, et il y a de l'agitation sur le quai, pourtant, à cette heure, les gens sont rentrés chez eux.

Il monte sur le quai, il reste planté là comme un jeune gars curieux, il comprend que l'on va charger du poisson séché et que le nouveau propriétaire est un homme très jeune, d'une vingtaine d'années. Lars l'a rapidement aperçu la dernière fois et il est stupéfait de le voir habillé comme les ouvriers, tandis que Tommesen portait toujours veste et cravate ; la seule différence entre le nouveau patron et ses employés, c'est qu'il parle plus fort qu'eux et qu'il a les mains dans les poches.

Lars profite de l'occasion quand l'acheteur passe au milieu des lots de poissons séchés pour montrer ceux qui vont être inspectés sur le sol de la salle de salage afin de déterminer quel est le pourcentage de deuxième choix, un échantillon qui est déterminant pour l'ensemble des lots. Lars a déjà assisté à cela et il sait que c'est un instant critique pour l'économie de l'Usine, le bilan incertain d'un hiver entier. Pourtant, il demande au propriétaire – il se souvient qu'il s'appelle Bang Johansen – s'il achète du poisson séché, et à quel prix.

Bang Johansen baisse le regard sur lui mais ne saisit pas ce qu'il dit, son attention est dirigée vers l'acheteur qui a désigné un lot, et cela semble être un choix avantageux aux yeux de Bang Johansen, car un sourire intérieur passe sur son visage ; il demande à Lars de répéter sa question, Lars s'exécute et Bang Johansen marmonne un prix et dit en même temps, comme s'il récitait un dogme ou un argument commercial, que les temps sont durs, que le transport coûte cher et ainsi de suite. Mais le prix qu'il avance est plus haut que ce que Lars aurait rêvé en tenant compte des informations de Paulus. Lars demande quand il pourrait effectuer une livraison. Bang Johansen finit par le regarder et lui demande de quoi il parle. Lars attend avant de poser la question suivante.

« Tu as du poisson ? demande Bang Johansen.

— Oui.

— Tu viens des îles ?

— Oui.

— Dans ce cas, tu vas m'envoyer ton père. »

Lars a sur le bout de la langue : « Je suis mon père. » À la place, il attend que Bang Johansen comprenne une nouvelle fois qu'il a dit une bêtise.

« Tu en as combien ?

— J'sais pas encore.

— Bien, bien, apporte-le.

— Et le duvet ? Vous prenez le duvet aussi ?

— Tu as du duvet aussi ?

— Oui.

— Combien ?

— J'sais pas encore.

— Bien, bien, apporte le duvet, on inspectera ça. »

Lars est sur le point de dire que le duvet de Barrøy c'est pas un truc qu'on *inspecte*, il est plus pur que de l'or, mais il laisse passer cela aussi, et il dit :

« Et les œufs ? »

À cet instant, Bang Johansen éclate de rire et dit qu'il prend volontiers les œufs également.

« Mais comment que tu as fait ton compte pour être aussi noir ? »

Sur le chemin du retour, Lars repense à cette question que Hans lui avait posée une fois qu'ils étaient assis dans le Jardin de la Teigne, à regarder la nouvelle remise et le quai, un soir d'été engourdi, quand les pensées pouvaient s'envoler loin dans le vaste ciel. Lars avait-il réfléchi à ce qu'il manquait sur Barrøy ? Lars trouvait que Barrøy avait tout ce qu'il fallait. Un bateau, dit Hans. À moteur. Une barque pontée. Une petite, au moins. Ça a l'air idiot d'avoir un quai en pierre sans qu'il y ait un bateau amarré à ce quai, d'autant qu'il y a une nouvelle remise.

« Le port est mauvais », avait répondu Lars. Cela devait être l'année précédente, ou peut-être l'année d'avant, quand il avait entendu que le ramassage du lait ne pouvait pas se faire par mauvais temps.

« Mais des pierres, on en a, avait poursuivi Hans, on en a pour faire une jetée de cinq ou six mètres à partir de la pointe de la remise des Suédois, et ça changera le courant et les vagues dans la passe. »

Lars y avait beaucoup pensé depuis la mort de son oncle, ainsi qu'aux ruines de Karvika, là aussi il y avait beaucoup de pierres, il y repensait en ramant ce soir-là, et la rencontre avec Bang Johansen se mêlait à ses réflexions, l'homme aux mains dans les poches qui lui avait annoncé le prix du poisson séché. D'autres idées vinrent se mêler au rythme soutenu des coups d'aviron, peut-être manquait-il quelque chose sur Barrøy, peut-être était-ce à *lui* de le découvrir et d'y remédier, si par exemple on comparait Barrøy aux autres îles ou à d'autres endroits, cette idée donnait le vertige, un hiver entier à emmagasiner des réflexions, et rien à quoi les confronter.

50

Pendant que Lars est à l'Usine, Ingrid est dans la cuisine à observer sa mère qui a retrouvé sa chaise et regarde tour à tour sa fille, les autres, puis par la fenêtre, puis sourit avec ses lèvres blanches et fines, avec ses pommettes bien trop saillantes, puis remercie pour le café, comme si elle était en visite dans un pays étranger, et pour les crêpes que Barbro sert dans la porcelaine polonaise.

Maria soulève la tasse et la soucoupe, les étudie de près, elle fait oui de la tête, comme si elle était vraiment une invitée chez elle, sinon, elle garde les mains posées sur les genoux.

Ingrid va et vient, elle pleure quand elle est dehors et sourit quand elle est dans la maison.

Karen Louise la suit et lui dit qu'elles doivent parler, il n'est pas question de l'état de Maria, mais d'argent. Il se trouve que son père a emprunté de l'argent en gageant Barrøy, propriété agricole 55, parcelle 1, il a déjà emprunté autrefois, le pasteur Malmberget s'est porté garant pour lui en une occasion, il a toujours remboursé ses dettes, ce n'est pas le problème, mais une nouvelle annuité de la Sparebanken va tomber le 1er juillet, une somme de trois cents couronnes, ils ont également une note considérable à la boutique pour ce qu'ils ont pris cet hiver ; est-ce qu'Ingrid a réfléchi à la possibilité de laisser la banque saisir Barrøy, ce n'est peut-être pas la plus mauvaise solution, et ils pourraient acheter d'autres terres à l'intérieur de la paroisse, Karen Louise a déjà parlé à Paulus, il n'est pas un paysan et il serait prêt à vendre, pour pas cher, dit-elle en rougissant, elle reprend son souffle et conclut ce projet énorme en disant que cela a dû être épouvantable cet hiver, et l'on dirait qu'elle parle à un patient.

Ingrid ne peut pas contredire cette personne, elle est aussi bonne que le conseil presbytéral, alors elle lui demande d'attendre, elle monte à la Salle Sud et prend trois cents couronnes de l'argent qu'elle a reçu d'oncle Erling, elle redescend et les tend à Karen Louise Malmberget et lui demande si elle peut arranger ça avec la banque, pour elle, mais en ce qui concerne la note à la boutique, elle ne peut pas être bien grosse car ils ont payé au fur et à mesure au cours de l'hiver.

Karen Louise rougit encore plus.

Ingrid se lance et déclare qu'elle veut un reçu avec sa signature, disant qu'elle a touché cet argent, qu'il est destiné à la banque et à rien d'autre. Karen Louise lui demande d'où vient cette grosse somme et marmonne qu'un reçu n'est pas nécessaire.

Ingrid rentre, s'assied à côté de sa mère et demande ce que sont les deux cicatrices qu'elle a sur les tempes. Maria sourit. Karen Louise arrive à son tour, elle s'assied et boit une gorgée de café froid, elle dit non à Barbro qui lui en propose un autre, elle regarde Suzanne qui grimpe sur les genoux d'Ingrid et jette un coup d'œil à Maria.

« C'est qui la dame ?

— C'est maman », dit Ingrid qui pose Suzanne sur les genoux de Maria, elle va prendre du papier et de l'encre dans la commode de la grande salle, et elle se met à écrire. Karen Louise lit avec un air sévère et dit qu'elle a oublié quel jour on est. Ingrid écrit la date. Karen Louise signe et dit que cela n'est vraiment pas nécessaire. Et, oh non, elle entend le moteur Bolinder de Paulus.

Mais ce n'est pas le bateau de ramassage du lait, au mieux ce sont les coups d'aviron silencieux de Lars qui amarre le canot, monte le chemin jusqu'à la maison et entre dans la cuisine ; il regarde autour de lui comme s'il avait mis les pieds dans une chambre funéraire, il voit le papier et l'argent sur la table et demande ce que c'est.

« Va te laver, dit Ingrid. Et emmène Felix avec toi.

— Qu'est-ce que c'est que ça ? » répète Lars.

Ingrid ne répond pas. Karen Louise met l'argent dans un sac à main en cuir marron avec des perles vertes. Ingrid plie la feuille, elle reste assise et s'évente avec le papier jusqu'à ce que Karen Louise se lève et dise que Lars va l'accompagner.

Ingrid les suit par la fenêtre, Lars descend vers le quai, à côté de la femme du pasteur, il s'arrête, ouvre la bouche et lui crie dessus. Karen Louise se bouche les oreilles, se penche en avant. Lars continue de hurler, elle se penche encore plus, elle se redresse, se met à trotter vers le quai ; Lars fait demi-tour, il rentre dans la cuisine ventre à terre, se saisit du tisonnier et frappe Ingrid à la tête, le sang jaillit sur la table et le reçu. Ingrid a la tête qui tourne, elle tombe. Elle entend la voix de Lars. Elle voit Barbro qui le serre dans ses bras. Il se débat en hurlant. Ingrid se relève, elle passe la main sur la blessure au front, elle voit le sang, se baisse, ramasse le tisonnier et en assène deux coups sur le front de Lars. Barbro se met à crier elle aussi, elle écarte le garçon et serre Ingrid dans ses bras, Ingrid qui se débat et la mord. Felix regarde la scène, les yeux écarquillés. Suzanne sourit, un doigt dans la bouche. Maria la pose par terre, elle se lève, s'approche de l'évier, pose les mains sur la pompe, elle en active le bras, goûte l'eau et l'actionne encore plus vite, Barbro lâche Ingrid, elle va prendre Maria dans ses bras et arrête l'eau.

« De l'eau, de l'eau… »

Le silence se fait.

Lars dit qu'il doit aller s'occuper des poissons, car il ne fera pas plus chaud que maintenant. Il va aux séchoirs avec Felix sur les talons. Felix lui demande si sa plaie au front lui fait mal. Lars lèche le sang qu'il peut avec la langue et glisse sous les séchoirs, il scrute le ventre des poissons, un à un, et ne voit pas de larves ni de saletés. Felix répète sa question. Lars ne répond pas, il compte, fait une estimation, il contemple l'île du regard comme pour s'assurer de quelque chose. Il déclare :

« On va demander de l'eau chaude à maman. »

Il voit Ingrid et sa mère sortir devant la maison, Maria dans sa robe claire, Ingrid aussi a une robe, Ingrid tient sa mère par la main, on dirait une enfant, et sa mère tout autant, Suzanne apparaît à son tour, elles se dirigent vers le sud, traversent les jardins, elles dérangent les oiseaux qui s'envolent et redescendent sur elles comme des feuilles blanches et tourbillonnantes, il entend leurs voix mais ne saisit pas ce qu'elles disent, il répète qu'ils vont demander de l'eau chaude à Barbro.

51

Ils ont deux choses à faire au village, la première visite est pour le pasteur. Ingrid s'en occupe seule, contre la volonté de Lars, lui et Felix surveillent le canot avec le poisson séché et les œufs de mouette tandis qu'elle, au presbytère, subit un choc.

Il est causé par la présentation, douce mais impitoyable, des dispositions prises par Hans Barrøy au fil des ans, non pas que son père ait jonglé avec beaucoup de choses sur cette terre, comme le dit Malmberget, Hans n'a pas seulement voulu vivre sur Barrøy, il a également voulu l'aménager, comme tout héritier souhaite laisser davantage que ce qu'il a reçu, c'est dans le cours des choses, dans la chaîne de la vie, une loi. Mais cela veut dire que ce qu'Ingrid a cru être un roc inébranlable au milieu de la mer n'était qu'un radeau pourri que son père a maintenu à flot à grand-peine.

Elle se demande si sa mère était au courant de cela, et pose la question au pasteur. Et ce dernier répond qu'il n'en sait rien, avec un regard qui lui dit qu'elle doit interroger d'autres personnes à ce sujet, qui qu'elles puissent être.

Par prudence, Ingrid n'en dit pas plus.

Malmberget se lève, il marche sur des tapis qui ne font pas de bruit, il lui sert du jus de framboise et se sert un café, il se rassied, ouvre un tiroir et en vient au fait. Qui est qu'Ingrid reçoit un certificat d'hypothèque, quelques reçus et le certificat de décès de son père, ainsi que le titre de propriété. Désormais, c'est elle la propriétaire légale de Barrøy, la seule héritière, puisqu'il n'y a pas de fils ni d'époux capable, c'est une transmission hautement solennelle, le souffle de quelque chose de plus grand qu'eux et qui impose également sa marque sur la pièce silencieuse où un apôtre anonyme les contemple de son repaire sur le mur.

Ingrid est terrifiée.

Mais elle grandit aussi, intérieurement, et lit l'intégralité du titre de propriété, la liste des îles et des îlots de son royaume, grands et petits, dès qu'elle sera majeure, pâturages, terres arables, droits d'eau, de tourbe, de cueillette, de pêche, de bois et d'épaves… Écriture gothique, lignes soulignées en pointillé, encre bleue, noire, calligraphie soignée, tampons rouges…

Le pasteur lui demande comment va sa mère.

Ingrid lève les yeux et réfléchit.

Elle répond qu'elle ne sait pas, elle ne dort plus avec elle, mais avec Suzanne et le chat dans la Salle Sud, Maria est seule dans l'ancienne chambre d'Ingrid. Le jour, elle reste assise dans la cuisine, ou sur une chaise au soleil, comme Barbro le fait parfois, elle va de temps en temps à l'étable, cuisine rarement, lentement, il faut la mettre en train une heure en avance…

Le pasteur acquiesce.

« Nous avons trop de vaches, dit Ingrid, et trop peu de terres. Et nous avons besoin d'un cheval. » Elle a fait les calculs, fondés sur le fait que son père était une machine vivante, capable de faucher vingt acres à la faux, l'année dernière, Lars en avait fait trois, Barbro deux et Ingrid un. Ils pouvaient atteler une des vaches à la vieille faucheuse, mais c'était une tâche laborieuse et ils perdaient le lait, ils pouvaient utiliser la vache dans les carrés de pommes de terre, quand ils se servaient seulement d'un coutre et d'une planche, et la proportion entre bétail et pâturage n'allait pas…

Le pasteur Malmberget a l'impression d'entendre un calcul qui dit une chose et une autre, et qu'Ingrid est en quête de la formule magique pour faire tourner Barrøy, le rapport entre les bêtes, la terre et les hommes, un équilibre délicat que l'on doit entretenir avec soin pour que tant et tant puissent vivre sur l'île, ni trop ni trop peu, juste le nombre précis qu'ils sont en ce moment. Il sourit.

Ils arrivent à une sorte de conclusion. Il la félicite pour sa maturité, il ouvre à nouveau le tiroir – comme pour annoncer la fin de l'entretien –, et il pose sur la table d'autres papiers, des copies de deux extraits de baptême, de Felix et de Suzanne, il ajoute qu'elle doit veiller à ce que Felix commence l'école à Havstein à l'automne, Johannes Malmberget a déjà pris la liberté de l'inscrire.

Ingrid se lève et dit oui, même si elle sait que cela va être dur, car si *elle* est devenue mère au cours de cette année, alors Lars est devenu père, et pas qu'un peu. Et, lui, il n'a aucune intention de retourner sur les bancs de l'école.

En tout cas, elle ne ressort pas peu grandie de cette entrevue.

Elle fait une révérence et se dit que même si elle n'a pas osé aborder la question difficile, le pasteur non plus. La question des enfants n'a pas avancé parce qu'elle a ces deux extraits qu'elle range dans l'enveloppe, avec le titre de propriété et l'acte de décès de son père.

Lars et Felix ont quitté l'Usine et se sont assis sur la caisse à charbon devant la boutique, et Lars a le sentiment de voir quelque chose dans l'allure d'Ingrid, dans la manière qu'elle a de marcher en sortant du presbytère, avec l'enveloppe coincée sous le bras, elle ressemble à une maîtresse d'école. Il descend de la caisse et demande si ça va marcher pour le bateau à moteur, ont-ils assez d'argent, est-ce que le pasteur peut se porter garant ?

Ingrid dit qu'ils ne vont pas avoir un bateau, mais un cheval.

« Un cheval ? »

Lars n'a rien entendu d'aussi stupide, ils ont déjà eu un cheval ; un cheval, ça travaille un mois et ça ne fait rien que manger pendant onze mois.

« C'est *toi* qui vas couper les foins partout sur Barrøy ? demande-t-elle. À la faux ? »

Lars ne peut rien répondre à ça. Ingrid dit qu'ils vont *emprunter* un cheval.

« On va en emprunter un à l'Adolf, à Malvika. Il a trois chevaux.

— Et comment qu'il va venir, le cheval, à la nage ? »

Ingrid explique que Paulus va transporter le cheval, tout comme il transporte les vaches et les taureaux. Lars :

« Ça va pas coûter trop cher ?

— Nous n'aurons plus que deux vaches.

— Pourquoi ? »

Elle explique que deux vaches donnent juste assez de lait pour que le ramassage continue à passer par chez eux, ils en ont besoin. Mais elle ne dit pas qu'il peut aussi servir pour le ramassage scolaire ; elle n'évoque pas cette partie de l'équation qui veut que s'il y a seulement deux vaches, cela implique qu'il y aura moins à faire à l'étable, Barbro pourra mailler des filets, Ingrid pourra préparer du matériel de pêche, faire la cueillette et tout le reste, pendant que Maria… Elle ne mentionne pas sa mère non plus.

« Et on aura des moutons supplémentaires. »

Désormais, les moutons brouteront moins longtemps sur Barrøy et plus longtemps sur

Skogsholmen, Knuten et Gjesøya, à partir du moment où la neige a fondu jusqu'à celui où elle commence à recouvrir le sol.

Lars n'a pas grand-chose à redire à cela non plus, ils sont redescendus à l'Usine et vont s'occuper de leur deuxième visite.

Lars amène le canot sous la grue. Ils hissent le lourd baril d'œufs et le poisson séché. Bang Johansen entend le bruit sur le quai, il sort et demande ce qu'ils fabriquent.

Il veut aussi vérifier les œufs dans l'eau, il soulève le couvercle du baril, écarte un peu de sable, prend quatre œufs de mouette et deux d'eider, ils descendent se poser comme il faut ; cependant, il ne les a pas mis dans un seau, mais dans une cuvette de rinçage qui fait bien un mètre de profondeur, il doit se pencher sur le bord et plonger à moitié pour les récupérer, il se mouille le haut du corps. Ils se moquent de lui, il sourit et leur demande :

« Il y a combien d'œufs dans le baril ?

— Quatre-vingts, dit Lars.

— Vous en avez d'autres ?

— Un autre baril. On l'apportera demain. »

Bang Johansen acquiesce et se met à inspecter le poisson séché, il ne trouve rien à redire là non plus. Mais le prix a baissé depuis la dernière fois, ça dépend du marché…

« Gros tas de graisse, dit Felix.

— Qu'est-ce tu dis ? »

Felix veut répéter mais Ingrid lui donne une claque :

« Il ne sait même pas ce que ça veut dire.

— Si », dit Felix qui reçoit une deuxième claque. Lars sourit en baissant les yeux sur les planches du quai ; Bang Johansen secoue la tête en disant « Sale môme », il jette un coup d'œil au poisson et demande combien il y en a. Ingrid lui demande de peser le lot et de leur donner un reçu, et un autre pour les œufs. Il pèse aux yeux de tous, obtient le même nombre de kilos qu'eux sur l'île. Et il leur donne leurs reçus.

« Et il n'y avait pas du duvet, des fois ? »

Ingrid sent un grand calme monter en elle et elle dit à Bang Johansen qu'ils parleront du duvet une autre fois.

« Pourquoi ? »

À cause de la manière dont il pose sa question, de ses yeux et de son air, elle lui demande s'il veut vraiment le duvet. Il dit que oui, bien sûr. Elle a déjà vu ça, avec son père : le propriétaire de l'Usine annonçait un prix auquel son père disait oui ou non, et il repartait, sans avoir fait affaire s'il le fallait. Elle lui demande le prix du duvet cette année. Bang Johansen répond. Elle répond qu'elle va réfléchir, d'abord, il faut apporter le reste du poisson, ça va prendre trois, quatre jours. Et les œufs. Bang Johansen acquiesce.

« Oui, oui, les œufs. »

Sur le chemin du retour, Lars et Felix sont aux avirons, Ingrid est sur le banc de nage arrière avec une enveloppe marron dans les bras, elle sent une brise d'été très douce dans ses cheveux.

« Qu'est-ce qui te fait rire ? demande Lars.

— Rien », dit la reine de Barrøy qui est ramenée dans son royaume par ses deux sujets, lesquels ignorent tout de ses projets et qui en entendront parler seulement au moment où ils seront mis à exécution. Elle a appris ça de son père. Le silence. La surprise. Le titre de propriété et les extraits dans l'enveloppe. Non, elle a appris ça de sa mère. Vraiment ? Elle ne se souvient plus. Elle cesse de sourire. Ils lui manquent tous les deux, bien plus qu'au moment où ils sont morts. Lars détourne la tête.

52

Hans Barrøy avait trois rêves, il rêvait d'un bateau motorisé, d'une île plus grande et d'une autre vie. Il mentionnait les deux premiers de temps en temps, à droite et à gauche, quant au troisième, il ne l'avoua jamais, même pas à lui-même.

Maria aussi avait trois rêves : des enfants, une île plus petite et une autre vie. Contrairement à son époux, elle pensait souvent à ce dernier rêve qui ne fit que grandir au fur et à mesure que les deux premiers s'estompaient, pour disparaître de plus en plus.

À la mort de son mari, elle commença à avoir des regrets.

Regretter un rêve est la chose la plus destructrice que l'on puisse faire. Elle regretta d'avoir pensé que l'île était trop grande, avec le travail énorme qui allait de pair, et elle regretta d'avoir souhaité plusieurs enfants avant d'avoir eu Ingrid.

Puis une menace s'est insinuée en elle, ce sentiment qui est apparu lorsqu'un condamné est passé par ici et leur a volé une chose qu'ils ignoraient posséder, en plus de porter atteinte à leurs vies ; une menace apportée par le vent, les oiseaux et la mer, la neige, l'eau de la cuisine et les aigles qui avaient commencé à se poser sur le toit de la remise. Elle entendait le chat marcher sur le plancher et ses pas formaient un vacarme pesant qui se muait en une goutte de bruit, laquelle se gonflait et se rétrécissait comme le cœur d'une bête.

« Je vais te montrer, maman », dit Ingrid, à la porte de sa propre chambre d'enfant, elle attend pendant que Maria se lève et s'habille.

Elles descendent à la cuisine, prennent le café et mangent le petit déjeuner que Barbro a préparé sur la table. Barbro s'est déjà occupée des bêtes, elles sont dehors tout le temps en cette période de l'année et viennent aux maisons en meuglant quand leurs pis sont pleins, elles réveillent celui qui veut entendre, et cet été, c'est Barbro, Barbro qui peste, se lève et trait les vaches, Ingrid a autre chose à faire.

Elle remonte réveiller Suzanne, la regarde enfiler les vêtements qu'elle a elle-même portés autrefois, elle redescend, finit de manger et part aux champs, qu'il fasse soleil ou qu'il pleuve.

Elles font le tour de l'île, elles voient que l'herbe est haute et savent qu'elle va pousser encore. Elles vont sur les îlots et comptent les agneaux. Maria reconnaît certaines choses mais pas tout, elle dit « Ah, bon », et repense à des choses qu'Ingrid a oubliées. Elle lui demande combien elle a d'enfants. Ingrid dit trois. « Non », dit Maria. Elle prononce certains mots isolés, comme pour s'entraîner, bateau, phare, cheval… « Voilà les enfants », dit-elle en voyant le canot qui rentre après la livraison de poisson séché à l'Usine. Ingrid leur demande s'ils ont bien rapporté le reçu. Lars ne répond pas, il grimpe l'échelle et va à la maison pour manger, avec Felix sur les talons.

Le sourire de Maria.

Il n'est pas à sa place par ici.

Elles s'asseyent sur le quai et Maria parle de ce que portait son mari quand ils se sont rencontrés, de ce qu'il a dit, de ses idées ; Ingrid cligne des yeux mais la laisse poursuivre et parler du cheval, du sable, du poêle… Suzanne lance des cailloux dans la mer, elle balance les jambes sur le bord du quai. Ingrid lui dit d'arrêter. Maria fait remarquer à quel point elle est jolie, habillée et coiffée comme une poupée, et Ingrid se dit que la petite fille pourrait aisément passer les bornes, elle commence à obtenir des privilèges, même Maria s'en est rendu compte. Ce soir, elle va les accompagner pour la traite, en ce moment, les vaches sont dans le Jardin des Gorges, là où ils ne peuvent pas passer la faucheuse ; l'herbe va pousser encore, les jours les plus paisibles de l'année se suivent, imbriqués les uns dans les autres, sans nuits ; pendant ce temps, l'herbe pousse, la pluie tombe, le soleil brille et les mouettes crient, jusqu'à ce que Paulus amène le cheval.

Quand il arrive, c'est la grande marée, il est minuit et tous les bruits semblent enfermés dans un flacon, la voix des nuits blanches. Ingrid voit que le regard de Maria se transforme à la vue du cheval dont Paulus a attaché les pattes, le corps et la tête au bastingage, à la timonerie et au mât, si bien qu'il est immobilisé comme une figurine en bois, et il a chié un gros tas de crottin sur le pont.

Ils placent la passerelle que Felix et Lars ont fabriquée, la bête est descendue à terre et restera sur Barrøy jusqu'à la prochaine grande marée, Ingrid a calculé que cela tombera au moment de la canicule, et il parviendra aussi à labourer un nouveau carré de pommes de terre pour l'été prochain.

Paulus a aussi une livraison de la boutique du village. Ingrid veut s'assurer que tout est en ordre mais elle voit à nouveau ce regard chez Maria, elle a posé une main sur la crinière du cheval comme pour saluer l'animal, elle roule des yeux, elle plie la nuque, elle se balance d'avant en arrière, la main sur la crinière, cette main la maintient debout, elle lève la tête et regarde Ingrid avec des yeux qui ne roulent plus. Ingrid est sur le point de lui faire lâcher prise et de la reconduire à la maison, mais Maria enlève la main elle-même, elle donne de petites tapes au cheval et dit :

« Ils ont abattu le cheval.

— Quoi ?

— Ils ont abattu le cheval et ils ont cru qu'on n'avait rien vu. »

Les autres mènent le cheval au sud de l'île. Maria et Ingrid remontent à la maison et s'asseyent sur le couvercle du puits. Maria a le soleil de minuit dans les cheveux, cela les rend tout blancs, on ne peut même pas les tresser. Elle dit qu'elle a parlé à Zezenie à l'hôpital, plusieurs fois, elle a essayé, elle ne reviendra pas.

Ingrid acquiesce.

« Tu comprends ce que je te dis ?

— Oui », dit Ingrid.

Maria lui demande si elle a tout arrangé avec le pasteur, les papiers ?

Ingrid acquiesce à nouveau.

« C'est bien. »

Ingrid lui demande si elle veut récupérer la Salle Sud. Maria répond qu'elle n'en a pas besoin. Elle dit qu'elle a voulu parler aux médecins des pattes du chat qui faisaient un vacarme terrible, mais ils voulaient seulement l'entendre parler de son mari, et elle se souvient uniquement d'une scène, il voulait être assis juste en face d'elle à la table de la cuisine afin de ne pas la perdre de vue une seule seconde, il avait dit cela il y a un an, ou peut-être deux. Ensuite, elle s'était endormie et s'était réveillée avec la main posée sur un cheval, elle avait senti les muscles bouger sous la peau chaude. Ingrid dit qu'elle comprend, mais elle s'inquiète et demande si elle croit que son père savait qu'il allait mourir.

Maria réfléchit et dit non, c'était une bonne mort, il est mort quand il le fallait, c'est comme tant de bonnes choses, il est impossible de les prévoir.

53

Le cheval s'appelait Wilhelm, en hommage à un empereur, et il n'était pas comme celui qu'ils avaient eu autrefois. Avant tout, il n'était pas étonné de se trouver sur une île. Il ne se démenait pas, il était paresseux et gentil, il se couchait et dormait quand on le dételait de ce qu'il venait de tirer. Suzanne et Felix pouvaient le monter.

Il y eut une livraison en même temps que le cheval, deux seaux d'huile de lin, un petit et un grand sac de poudre, et des pinceaux, Ingrid avait l'intention de peindre la maison.

« La maison sera blanche. »

Avec des fenêtres et des bordures de toit vertes.

Quand ils n'étaient pas en train de faucher ou de mettre le foin à sécher, ils peignaient. Même Maria. Elle peignait les fenêtres, lentement, avec soin. C'était la première maison sur Barrøy à être peinte. Et cela métamorphosa non seulement la maison, mais l'île entière, cela métamorphosa les rochers, le sable, l'herbe, les bêtes et les arbres. Quand ils eurent terminé, ils ne pouvaient pas la regarder, ils n'en croyaient pas leurs yeux, la vieille maison grise avait l'air d'être faite de neige fraîche, on aurait dit qu'elle se trouvait ailleurs, sur le continent, dans une ville, il émanait d'elle une richesse infinie qui pouvait étinceler seulement à un endroit où elle n'avait pas de rivales, c'était un choc, un corps étranger, on se serait étranglé de rire à la voir.

Ils allaient dans les champs le soir, ils se retournaient, la contemplaient et se disaient : c'est ici qu'on habite. C'était aussi la première chose qu'ils faisaient le matin : sortir et contempler la maison, elle leur donnait des forces, de l'espoir et de la bonne humeur. C'était plus beau d'être dehors qu'à l'intérieur, et cela n'était jamais arrivé. Elle avait l'air différente selon que l'on se trouvait au Bosquet de l'Amour, à l'Œil du Gel ou à Karvika ; elle paraissait fluctuante et mobile, elle était visible des autres îles, une tour, un signe dans la mer, une marque. Les gens venaient en bateau, ils se demandaient ce qu'ils avaient inventé, ils demandaient si ça coûtait cher, si c'était résistant et difficile à faire, et ils rentraient chez eux la tête débordante d'idées.

La maison était même visible de l'Usine. Elle était visible du ciel, de la mer, des montagnes du continent, des locaux du gouvernement à la capitale et même de Bornéo, il n'y avait pas un seul œil qui ne pouvait la voir.

Ils attelèrent le cheval paresseux à la faucheuse et ils firent les foins dans le Jardin des Roses, dans le Jardin de la Teigne et dans le Jardin d'Éden. Ils retrouvèrent les vieux trous des claies où faire sécher le foin, ils les placèrent comme ils l'avaient toujours fait, orientées nord-sud, pour qu'elles ne soient pas renversées par le vent, autant de murs gris-vert perpendiculaires aux murs en pierre.

Bien d'autres choses s'arrangèrent au cours de l'été, d'une manière qu'ils n'auraient pu espérer. Oncle Erling vint en visite avec sa famille et se montra l'allié d'Ingrid en ce qui concernait l'école, et Lars devrait s'armer de patience une année de plus avant de l'accompagner aux Lofoten. Tante Helga ne reconnut pas Maria et ne put dissimuler sa déception, une déception bien trop visible. Elle ne reconnut pas non plus Suzanne et Felix, la dernière fois, la petite était encore dans les langes, et le garçon jadis rondouillard était désormais une tige mince, il faisait bien plus que les huit ans qu'il fêterait bientôt, selon l'extrait de baptême qui portait son nom, un nom qu'Ingrid changerait en un clin d'œil, de Tommesen en Barrøy.

Lorsque Paulus vient rechercher le cheval, ils ont enfin compris ce que leurs ancêtres savaient déjà, c'est-à-dire qu'un cheval ne peut être qu'un invité sur une île, c'est lié à la taille de l'île à laquelle il est difficile de s'habituer, c'est lié à l'herbe, à l'argent, à la superficie, au travail et aux équations célestes.

Enfin, ils se décident à faucher les terres défrichées sur Gjesøya.

Ce sera fait à la faux.

Toute la famille s'y met. Ils débattent pour savoir s'ils auront également des claies pour faire sécher le foin là-bas. Ingrid est pour. Lars est contre. Ingrid dit qu'il est plus facile de transporter la paille sèche que la paille mouillée. Lars dit que, dans ce cas, il faudra transporter des pieux et des fils de fer dans les deux sens, ainsi que des masses et des leviers. Maria est d'accord avec Ingrid. Suzanne aussi. Barbro est de l'avis de Lars. Felix également. Ingrid dit que l'école va bientôt commencer. Felix dit qu'il se réjouit d'y aller. Lars ne dit rien. Il y a deux camps. En règle générale, le premier l'emporte. Et par une chaude journée de la fin de l'été, un brouillard épais peut soudain se lever à l'horizon, comme un mur, se traîner lentement et plonger une île après l'autre dans des ténèbres grisâtres, tout avaler et tout envelopper sous une couette froide et rude. Là où ils voyaient au loin et aux quatre vents, ils n'aperçoivent même plus leurs moutons, ils ne voient plus les claies, les bosquets, le phare et la maison resplendissante sur Barrøy, ils distinguent juste quelques brins d'herbe à leurs pieds et des larmes qui perlent et qui glissent sur les tiges alors qu'il ne pleut pas.

La brume apporte la nuit en pleine journée, une éclipse et une perte de la vue. Ils posent les outils et se taisent, ils serrent leurs vêtements contre eux et s'asseyent sur une pierre, ils laissent leurs pensées jouer avec une lumière intérieure, comme les aveugles qui regardent en eux parce qu'ils ne peuvent pas faire autrement, et trouvent un souvenir ou l'écho de quelque chose que personne ne connaît et qu'ils ne peuvent partager avec quiconque ni utiliser à rien.

Quand la vue disparaît, les autres sens s'aiguisent, l'odeur intense des orties, des tourbières, du goémon et de la laine mouillée ; une brume aussi salée que la mer qui l'a enfantée, caresse froide d'un inconnu sur la peau, et même si l'eider se dandine et déploie ses ailes sur le pré, même si les insectes et les bêtes sont aussi muets que les hommes, il règne un bruit étrange dans la brume, un murmure, comme le bruit de la mer dans le coquillage et le bruit d'un rat mort traîné sur la neige sèche.

Mais il suffit d'une heure ou deux et le soleil ressurgit dans la brume, tout d'abord sous la forme d'un œil de morue cuite, quelques degrés plus au nord, puis il se fait plus jaune, plus doré, il dissout et détruit l'ultime voile, il libère la vue comme des chevaux sauvages dans toutes les directions. C'est alors comme si leur journée de travail avait été divisée en deux, ou comme s'ils avaient droit à une nouvelle journée au sein de l'ancienne, et ils se remettent à l'ouvrage avec leurs faux.

DU MÊME AUTEUR

Aux Éditions Gallimard

LES BÛCHERONS, 2011

LE PRODIGE, 2014, prix des Libraires norvégiens

LES INVISIBLES, 2017 (Folio nº 6610)

MER BLANCHE, 2019

Composition : IGS-CP à L'Isle-d'Espagnac (16)
Impression Maury Imprimeur
45330 Malesherbes
le 4 février 2019
Dépôt légal : février 2019
Numéro d'imprimeur : 234335

ISBN 978-2-07-282302-2 / Imprimé en France.

342533